欢迎来到实力至上主义的教室 ⑧

朝比奈菜津奈

与南云关系亲密，
二年A班学生。

南云雅

二年A班领导人，新任
学生会会长，言行不
友好。

桐山生叶

隶属二年B班，任学生会副会长。虽然败给南云后降为B班，但是本人继续留任学生会。

C班与D班的交流

椎名日和

山下沙希

薮菜菜美

王美雨

葛城康平

神崎隆二

龙园翔

平田洋介

高圆寺六助

绫小路清隆

欢迎来到实力至上主义的教室 ⑧

c o n t e n t s

欢迎来到实力至上主义的教室

8

〔日〕**衣笠彰梧** 著
〔日〕**知世俊作** 绘
新鲜 译

人民文学出版社
PEOPLE'S LITERATURE PUBLISHING HOUSE

著作权合同登记：图字 01-2019-4310 号

YOUKOSO JITSURYOKUSHIJOUSHUGI NO KYOUSHITSU E Vol.8
© Syougo Kinugasa 2018
First published in Japan in 2018 by KADOKAWA CORPORATION，Tokyo.
Simplified Chinese translation rights arranged with KADOKAWA CORPORATION，
Tokyo through Timo Associates Inc.，Japan.

图书在版编目(CIP)数据

欢迎来到实力至上主义的教室.8/（日）衣笠彰梧
著；（日）知世俊作绘；新鲜译.—北京：人民文学
出版社，2021
ISBN 978-7-02-015912-3

Ⅰ.①欢…　Ⅱ.①衣…②知…③新…　Ⅲ.①长篇小
说-日本-现代　Ⅳ.①I313.45

中国版本图书馆 CIP 数据核字(2019)第 299235 号

责任编辑　卜艳冰　王皎娇　何王慧
装帧设计　钱　珺

出版发行　人民文学出版社
社　　址　北京市朝内大街 166 号
邮政编码　100705

印　　制　上海盛通时代印刷有限公司
经　　销　全国新华书店等

字　　数　157 千字
开　　本　787 毫米×1092 毫米　1/32
印　　张　8.5
版　　次　2021 年 10 月北京第 1 版
印　　次　2021 年 10 月第 1 次印刷

书　　号　978-7-02-015912-3
定　　价　45.00 元

如有印装质量问题，请与本社图书销售中心调换。电话:010－65233595

堀北学的独白

我也有别人听来会觉得不可思议的事情。

我并不是为了实现什么目的而选择了这所学校。

我单纯以成为一个优秀的人为目标活到了现在，但尚未确定要成为哪种优秀的人。

我没有梦想过成为一个政治家、医生或者是研究者。

循规蹈矩地活到了现在。

解决掉摆在眼前的问题，度过平淡的每一天。

是榜样。

也是模范。

我相信这就是正确的，并不加以质疑。

但是，南云雅接二连三地与我正面对抗。

开创者，可能指的就是他这种人。

而我事实上已经放弃在毕业之前采取行动了。

我刻意不与任何人交心。

也还没有搞懂那是什么。但经过这三年，我终于意识到了。

那是我的"失误"，而且会让自己"后悔"。

同时也是一切的"开始"……

全新特别考核——混合集训

在第三学期开始不久的一个周四上午，几辆大巴列队行驶在高速道路上。大巴上不光有高一的学生，还有高二和高三的学生，这是全校学生的大迁徙。我们C班全体学生乘坐的大巴进入隧道，我感受到了耳内的压迫感，这是进入这所学校以来第二次乘坐大巴出行，事前没有被告知接下来要去向何处，要做什么，只是听从指示换上了运动服，还有在出发前被告知要准备好备用运动服和几套换洗的内衣裤，这并不会是一场旅行。

可能是因为有三个小时车程，时间相对较长，所以学生们在允许的范围内携带了各自喜欢的东西，手机自不用说，书和扑克牌，以及零食点心和果汁，甚至还有人带了游戏机。

大巴中的座位按姓氏排序，我旁边坐着的是池宽治。虽然刚入学的时候曾想和他成为好朋友，但等回过神来，关系已经固定在了"普通同班同学"阶段，最近相处的机会也急剧减少了。

现在他也没有和就坐在旁边的我交谈，而是朝后跪在座位上，和隔了点距离的须藤以及山内他们大声说着话。有时会有女生警告他们声音小点，但看样子他们并没有放在心上。车内本就嘈杂，他们大声说话也能理解。我感到有些孤独，不过这也是没有办法的事。

不幸中的万幸，我和启诚、明人等同学通过考核成了朋友。

　　大巴中的气氛一片祥和，但大家心里都明白这不会是一场简单的郊游。

　　如果是寒假期间的话可能还会有人期望这是一场放松之旅，可现在第三学期已经开始了。

　　因此，只有把这次的旅行想成类似无人岛的特别考核，做好心理准备才不至于慌乱。不过与那次相比，池他们一定也有所成长吧。

　　茶柱饶有趣味地看着车内放肆玩乐的学生们。

　　她站在我的座位旁、靠近驾驶员座位的地方，一个劲儿地望着他们。

　　我想着万一与她四目相对，会生出麻烦，便看向了窗外。

　　这是一段相当长的隧道，从进入隧道到现在已经过了大约两三分钟。

　　正当我这么想的时候，视野慢慢地变亮。

　　出隧道了。

　　茶柱就像在等待这一刻一样，开口说话。与此同时我耳朵的疼痛感增加了。

　　"抱歉，在气氛高涨的时候打断你们，请大家安静一下。"

　　茶柱拿着手持式麦克风对着同学们说道，

"你们应该很好奇这辆大巴要开往何处吧?"

"那肯定的啊,不会又是无人岛吧?"

池插了一句,茶柱回答道:

"看样子无人岛考核给你们留下了深刻的记忆,不过你们放心,我们也不是魔鬼,那么大规模的特别考核不会如此频繁举行的,毕竟夏天的那场考核没过去多久。但就像是你们已经猜到的那样,接下来会展开新的特别考核,和无人岛的生活相比,可是相当简单。"

她话虽然这么说,但也不是很可信。这段时间以来,除了无人岛考核以外,对普通学生来说颇为困难的考核也有不少,最难的是,学生们还必须和潜藏在考核背后的退学风险做斗争。

"接下来你们 D 班要面临的特别考核是……"

话没说完,茶柱停住了。

这一瞬间,班里同学的脸上浮现出了有些洋洋得意的笑容。

立刻,茶柱如要致敬一般低头道歉:

"抱歉,你们已经是'C 班'学生了。那么,我接下来将向晋级了的你们说明这次特别考核的基本内容。"

成功通过几次考核,终于在第三学期升为 C 班的学生们正努力冷静地接受现在的状况。在大巴里说明考核的基本内容,也就是说我们从现在开始可以在某种程度上提前制定策略,或者直接制定出策略。现在大巴还在行驶途中，虽然不被允许随意起身，但是声音可以传达给车上的每一个人，用手机也可以与某个特定人物对话。

总是吵吵嚷嚷的池等人也立刻安静地侧耳倾听来自茶柱的说明，从中能看出他们的些许成长。

"接下来我们会把你们带到山里的林间学校，还有不到一个小时就将抵达目的地，我说明的时间越短，留给你们的'反应时间'也就越长。"

也就是说，离特别考核开始还有一个小时。

假如解释说明需要二十分钟的话，那我们还有四十分钟来制定这次考核的作战计划，这就是老师所说的"反应时间"。

"林间学校不是一般都在夏天开设的吗？"

从高速公路放眼望去，山上还是白雪皑皑。当过童子军，对山林十分了解的池提出自己的疑问。

"你不能乖乖地听我说完吗？我可是刚说了之后会给你们留时间提问的。"

茶柱的语气中没有愤怒，而略微带有些轻松愉快。池抓了抓脑袋道了歉。

车上响起了一阵轻笑。

林间学校。我没怎么听过这个词，便在手机上查了查。

"林间学校主要是指在夏季天气晴朗的时候，开设于山林等绿植茂盛的场所，目的在于促进学生健康的集体活动，亦指为此而建的教育设施。"

原来如此，正如池所说，其多在夏季举行。

不过也并非只能在夏季举行。

"在你们日常的学校生活中……特别是没有社团活动的学生，和高年级学生交流的机会应该不多吧，这次的集体活动将持续七天八夜，比体育祭的跨学年交流程度更深，名为'混合集训'。光是口头说明的话你们可能还留有不安，接下来我将下发纸质资料。"

茶柱迈步，将一摞摞资料递给每列排头。我取一册后将剩下的传给后排。资料有点厚，约有二十页，因为没有说不能先看，所以我哗啦啦地翻了翻，资料上还明确登载了看起来像集训地的照片。

还有学生们的寝室、大浴场、食堂，等等。

光看这些还是挺有意思的，感觉就像在看旅行指南……但不时出现的关于特别考核的字眼还是让人心情颇为沉重。不久前举行 Paper Shuffle① 的时候只进行了口头说明，而这次同样是特别考核，竟发了这么厚的说明手册，可见这次考核的棘手程度。

---

① 搭档随机试题考核。

不一会儿，全班同学都拿到了资料。

茶柱接着开口道：

"我接下来要就混合集训进行解释说明，资料你们可以随意翻阅，不过我会在下车前回收，所以你们最好在那之前掌握相关规则，我会在最后统一回答你们的问题，现在先安静地听我说，知道了吗？"

茶柱又看了池一眼，这次他猛地点头，表示已经封上了自己的嘴。

"这次的特别考核旨在促进学生精神层面的成长，看学生是否掌握了基础的社会生存能力，以及能否和平时素不相识的人保持良好的关系。"

估计这和她所说的增加和高年级学生的交流机会有关。虽然参加了社团活动的学生会与高年级学生有一定的交流，但基本上还是局限在社团活动范围内。

而没有参加社团活动的学生中，有不少和学长学姐没有一点交流。

其实就算没有考核或者社团活动搭桥，我们低年级学生也想认识新的前辈，但事实上这并不容易。只要相互接触的必要性没有那么高，就很难像体育祭的时候那样拉近彼此的距离。

不过，这次以"集训"为名，向山进发，就是要拉近各个年级之间的距离吧……

作为特别考核，没有完整的规则规范的话很容易生出破绽。高一和高二年级学生无论是在肉体上还是精神上都有很大的差距，对于十几岁的人来说，差一岁可是差很多的，虽说不是绝对，但极难实现平等的对抗。

"首先，你们在到达目的地后要按男女分开，全年级讨论过后分为六个组。"

"男女各分为六个组……"

旁边的池嘟囔了一遍好像要让自己记住。茶柱没有停下来，继续说道：

"一个组里面人数的上限和下限都有规定，请好好看一下手头资料第五页上所写的关于人数分配模式的内容。"

学生们齐齐看向了资料第五页，那里写了集训的分组规则。

　　一个组的总人数不能超过上限，也不能低于下限，范围根据各个年级男女总人数而定。若一个年级的男学生人数在六十人以上，则各组人数需在八到十三人之间，七十人以上的话，则在九到十四人之间，八十人以上则在十到十五人之间，总人数在六十人以下的情况另行规定。

如果一个班级的学生数量以及男女比例各年级都差不多，基本上一个班四十人，男女比例为1:1，那么一个年级共有男生八十人。

也就是说每组要有十到十五人，共组成六组。之所以会对不同人数的情况进行说明，是因为根据各学年退学情况不同，总人数发生了一定变化吧。

"你们应该已经明白了，男女分别组成六组，这就意味着不同班级的学生会混合在一个组里，同时在林间学校开设期间，需要以组为单位通过特别考核，你们是休戚与共的关系。"

"找其他班的学生当组员，太荒谬了吧，我们不是敌人吗？"

池忍不住了，又用茶柱也能听到的声音嘀咕道。

但他好像立刻又想到了一个好主意，如同脑袋顶上亮起了一个小灯泡。

"对了，也没关系啊，我们C班结成两个组不就行了，对吧，绫小路？"

池小声问我。确实，C班男生自己结成两个最少人数的十人组似乎就能解决问题，但遗憾的是，池的这个"好主意"并不能成立。

"你的这个主意听起来合乎道理，但是事情没有这么简单，由一个班级里的学生组成一组并不符合'规定'。只要在人数范围内，和其他三个班中的哪个班组成一组都可以，但是一组里面最少也要有两个班的学生。最重要的是，分组需要经过一定讨论得出一致意见，不能有反对者的存在。"

茶柱的话清楚地写在了分组规则部分的下方。

　　　　组内最少需要存在两个班级的学生。

"也就是说，强制我们和敌人合作参加考核啊。"

池不禁说了这么一句，也算不上是问题。

茶柱有些惊愕，但还是接了他的话往下说。

"可以这么说，但最大限度地将团队成员控制成同班同学也不是不可能，毕竟组里只要有一个其他班的学生就可以了。"

比如说可以组成两个十人组，并将其中的九名成员都控制为 C 班学生，就可以形成"几乎为 C 班学生"的团队了。

但是这样的团队不可能在讨论中获得年级全体学生的认可，很少有学生愿意加入这样一个充斥着其他班面孔的团队里来吧。

而且是人多好呢，还是人少好呢？抑或是二者没差？

如果这次考核会因人数之差而产生利弊，直接这样组成人数最少的小组是有一定风险的，不过现在还不知道考核的具体要求，也没办法就人数多少做出优劣的判断，是吉还是凶要从考核的本质内容出发。

"组内人数到底是多好还是少好，主要在于我之后会说明的'结果'部分。"

茶柱轻笑道。

大家都在朝着一个方向思考，所以很好明白吧。

"我可以继续说明规则吗？虽然知道你们在意最后的结果部分，但应该也想知道小组要做什么样的事吧？"

"是的，每次都回答池的问题的话，话题不能完全展开。"

感觉到事情并不简单的平田，催促茶柱把话往下说。

池有些不好意思地挠了挠头。

"小组，说起来就是林间学校开设期间的临时班级一样的存在，虽说是临时的，要做的事情可是十分丰富，小组成员要一起上课、做饭、洗澡，甚至还要一起睡觉，要一起度过各种各样的日常生活。"

知道洗澡和睡觉的地方也在一起，男生和女生都发出了哀号。

"我可不觉得我能和其他班的家伙一起生活……"

我能够理解池会这么不情愿的原因，虽然体育祭的时候初次和其他班级达成过合作关系，但说到底那不过是比赛中的一种暂时性关系，完全不能说是同甘共苦。

现在，终于要进入这种超越班与班之间屏障的考核了。

而且还有可能出现四班一组的情况。

"特别考核的考核结果由林间学校开设日最后一天

举行的综合考核决定，大概的考核内容在资料第七页，你们看一下。"

听到茶柱老师这么说，全班同学同时看向了那一页。

思想品德　精神锻炼　纪律　自主性

在普通学校里几乎不会学习到的几个项目赫然罗列在那里。

重点在于这种考核项目应该和英语、数学这样的科目不同，和学习成绩无关。

麻烦的是这样的考核并没有所谓的"统一答案"，资料上虽然就各个项目进行了说明，但都很抽象。

再看一下举例列出的日程表。

早上起来收拾好以后，要在道场坐禅、作务（打扫等），然后吃早饭，在教室里进行各方面的学习，之后就是午饭时间，下午结束其他任务后，再度坐禅，晚饭和沐浴过后就是睡觉时间了。这和我们一直以来的生活完全不同，而且和往常的休息日不一样，周六早上要上课，休息日只有周日一天。

"更加详细的日程表将会在到达林间学校后公布，至于最后一天会进行怎样的考核以及考核的顺序，现阶段无可奉告。"

　　也就是说只能到时候随机应变了，说不定"坐禅"就会被列入考核科目，而且坐禅时的一个个姿势和动作都可能是得分要点，还有"演讲"与"制作"等词语也让我觉得不一般。

　　"确定各组成员非常重要，六个组要同心协力，共同度过这一周的集训，不管有何种理由，都不允许中途退组或者更换成员。如果有学生因为患病或是受伤而离开，组内必须以假设'这名成员依旧存在'的形式填上缺口。"

　　可能会出现组内关系破裂、互相敌对、团队无法维持下去，或者是渐渐排挤其他班学生的情况。

　　正式的林间学校课程将于明天，也就是周五早晨开始，一直到下周三结束，然后在第八天，也就是下周四举行全校统一的考核以及评分。

　　"在一年级学生组成六个组后，将和同时分组的二年级、三年级学生合并，意思就是，最终会由一年级到三年级学生共同组成人数在三十到四十五人之间的六个组。"

　　在这种同年级分组都很困难的情况下，还要再加上其他年级的学生。

　　得知这一情况后，全班被笼罩在了一种异样的氛围之中。

　　"简单来说，把同年级学生组成的组当成小组，三个年级合成的组当成大组就可以了。"

同年级组成的六个团体为一个一个的"小组"。

小组要和二年级以及三年级的小组合并，最终组成六个"大组"。

"至关重要的考核结果将以大组成员的平均成绩来定夺，即其他年级的成绩好坏也有很大影响。"

也就是说，要由这四十人左右的大组全员的成绩来算出平均成绩。

人数之差颇让人在意，虽然采用平均分评定模式会使不公平的情况难以滋生，但小组人数不同，组成大组时可能会产生相当大的人数差。

最重要的是"大组的合并方法"。

如果这是比拼学力的考核，聚集了优秀学生的大组自然会赢得最终的胜利，反过来说，不被认可的学生必然不会被选入优秀大组，从而形成非优秀团体。

不过，要想通过这次的特别考核，光成绩好是不够的。

"你们应该已经了解大致情况了吧，最后我将说明最重要的部分，那就是考核结果会带来什么。"

有奖也会有惩。

而且还含有一层意思，那就是这里也并非以班级而是以团体为单位。

"平均分在前三名的大组组员，每人将得到个人点数与班级点数的奖励，而后三名大组组员则会被扣除一定的点数。"

考核结果相关的详细信息记载在了资料上。

基本奖励

第一名　一万个人点数，三班级点数
第二名　五千个人点数，一班级点数
第三名　三千个人点数

以上奖励会分发给大组内每一个学生。

如果一个十人小组里九个人都来自同一个班级，取得第一名就意味着能够得到二十七点班级点数，虽然这听起来过于理想化，但尽量集合同一个班级的学生取得第一名是最好的。不过同一个班的人数越多，失败时的损失也就越大，而且人越多，团队管理就越难。

另外，落后时的惩罚比领先的奖励要重，具体如下：

第四名　五千个人点数

第五名　一万个人点数，三班级点数

第六名　两万个人点数，五班级点数

以上惩罚大组内每个学生都会被扣除。

个人点数和班级点数虽然不会扣成负数，但是会累计赤字，在以后的考核中获得点数以后再进行核算。

这可以说是之前都没有的规则。

明明从第一名到第三名的成功奖励并不算多，规则居然这么细致。

在有关奖励的部分中还有这么一段，茶柱老师将其念了出来。

"会根据小组内的班级数量成倍增加奖励，小组内人数多的话，奖励也会按比例增加，这个按比例增长的规定只适用于综合排名第一名到第三名的小组，并不会用于第四名以后需要扣分的情况，所以你们可以放心。"

如果由两个班的学生组成小组，奖励还是刚刚看到的数字，不发生变化，但如果小组由三个班的学生组成，则两种点数奖励都翻倍，四个班的话就是三倍。而且根据小组人数不同，奖励也会按比例增加，十个人的话就是一倍，最高就是十五个人时的一点五倍。有一个特殊例子，当小组里只有九个人时，奖励就只有原来的十分之九。

按计算，第一名的最高奖励发生在小组成员由四个班级构成，且有最高人数十五人的情况下，奖励会在原有基础上翻三番，然后再乘以一点五倍（小数点之后四舍五入）。这样的话，一个人的个人点数奖励就达到了四万五千点，还能得到十四点的班级点数。

这是这次特别考核好的部分，虽然麻烦但很有意思。

不过，重要的东西还在后面。

"接下来——最后一名的大组将接受严酷的惩罚。"

"惩罚……难道是……"

"没错，就是退学。"

终于公开了让人越来越惊恐的惩罚部分。

"但是，并非让最后一名的大组全员退学，因为那样一下子就会出现四十名左右的退学者。而且，只有小组的平均分低于学校规定的分数线时才需要退学。"

这个规定有点麻烦，也就是说综合排名是按大组的平均分来计算的，但在决定退学人员时则是参考小组的平均分。

"低于分数线时，小组的'负责人'需要退学。"

"怎么决定负责人呢？"

"事先由小组内讨论决定，很简单。"

"什么意思？谁会这么傻，冒退学的风险来当负责人？"

这样会有学生积极申请吗？

"有很大的好处，和负责人一个班级的学生奖励会翻倍。"

"……翻倍啊。"

一直都沉默不语的堀北有些震惊，自言自语道。

"没错，要想获得这次特别考核的最高奖励，小组内需要有 C 班学生十二人，并让 A、B、D 班各加入一人，负责人由 C 班学生来担任，并最终取得第一名……"

"有多少奖励？"

不擅长计算的山内十分兴奋，情绪激动。

"可以得到一百零八万个人点数，三百三十六的班级点数。"

"三……三百三十六？！"

如果真的成功了，光凭这一次考核，现在的班级等级就会发生很大的变动。

风险越大奖励越大。

而且，得到最高奖励的概率绝不低。

"分好组以后，由小组内部讨论，在明天早上之前决定好负责人。如果没能确定负责人，该小组当即失去考核资格，也就是说，可能会让全员强制退学。当然了，过去从未出现这种笨蛋小组。"

　　负责人并非由校方指定，而是一定要由学生自己决定。

　　决定负责人肯定不是一件简单的事，如果到最后还是没有人愿意当，就只能靠抽签或是猜拳来决定了，要想避免全员退学就只能这么做。

　　但是，如果没能谈妥，事情真的发展到了无法决定负责人的情况，那个时候小组的凝聚力很可能已经所剩无几了。

　　"除此之外，在负责人需要退学时，可以以连带责任的名义命令小组内的一个成员一起退学，也就是拉个垫背的。"

　　"啊?！什么啊，这也太荒唐了吧！这样的话岂不是随便弄一个人当负责人就能轻松摧毁其他班领导人级别的人物?"

　　这样的设想要想成立并没有那么简单，在成为负责人之前必然会经过一定程度的选拔，不会随便将一个明显就是弃子的学生定为负责人，如果这么蠢的事情都发生了，那就是小组内部的责任。

　　说起来，能为了伙伴而牺牲自己，再拉一个其他班学生来垫背的人根本就不会存在。要是真有那种一直待在 D 班永无出头之日、第二天可能要被退学的学生就另当别论了。不过，要是真有这种想退学的人，早就应该被传开了。

"放心，当然不是谁都会被扣上连带责任的帽子。只限于那些经过学校确认、使该班级平均分低于分数线'原因之一'的学生。只要没有考不及格，或者没参加考试，就没问题。"

这样的话，负责人和组员都得到了保护。

但我还是对这次考核的"负责人"制度感到疑惑。

和以往的特别考核相比，情况发生了变化。

值得思考的一点就是，所有年级的考核科目都一样。

与此同时，别的大巴上应该也在进行着关于考核规定的解释说明。

在这个时候，意见想法纵横交错，各种各样的战略部署被制定出来。

不只是一年级，二年级和三年级的战斗也在进行中。

为了消除浮在心头的疑惑，我给某个男人发了一条短信。

我想知道，学生会有没有插手这次的特别考核。

"还有一件重要的事情，出现退学者的班级会受到相应的惩罚，惩罚根据考核的不同而变化，这次的惩罚是，每出现一名退学者，就扣除一百点班级点数。班级点数不足的时候，会在下次获得班级点数时再一次进行扣除，在全部扣除之前，班级点数将保持在零点。"

有机会得到的奖励多是多，但惩罚也相当大。

这次考核的一个关键点在于，只要成为负责人，能得到的奖励点数就会翻倍，但另一方面还要承担退学的风险。如果对自己的小组没有信心，应该不会有人举手。

但谁又能眼睁睁地把好机会拱手让给其他班呢？

而且还有连带责任的风险。这真是一条死胡同。

"我的说明到此结束，有问题的请提出来。"

平田立即举手。

"如果出现退学者……有挽回的方法吗？"

"都被勒令退学了，还能怎么挽回啊。"

须藤冒出了这么一句话。

"不会的，之前须藤同学被茶柱老师宣判退学，通过堀北同学的努力挽救回来了，应该有别的办法。"

平田说对了。茶柱脸上浮现出了笑容，回答道：

"没错，还有最后一个办法，那就是可以用个人点数来买下'撤销退学惩罚'的权利，价格自然很高。撤销退学惩罚……也就是'挽救'的方法在原则上每个年级都一样，每救一个人，就需要支付两千万个人点数，以及三百点班级点数，而且这只是撤销退学惩罚，出现退学者时需要扣的分还是照常会扣。当然，要是这两种点数有哪种不够的话，撤销退学惩罚就是不可能的了。"

如此庞大的个人点数，并不是谁都能支付得起的，就这次考核来说，要挽回一个人至少需要四百点的班级点数。

应该不会有人去挽救遭受退学惩罚的学生。

因为救一个人就意味着全班都要承担巨额的损失。

"这两千万个人点数可以由全班来补足吧？"

但平田依然在考虑未来进行施救的事情，不懈地向老师确认。

"是这么一回事，不过这和没多少点数的你们应该没有什么关系。"

茶柱合上资料。

"没多久就要到达目的地了，怎么用剩下的时间是你们的自由，资料在到达后会回收，这一周内手机是禁止使用的，一会儿都交上来。除此之外，带来的日用品和游戏道具基本上可以带入林间学校，但食品不行，无法长期保存的生鲜食品要放入垃圾袋内，在下车的时候扔掉，或者到达之前吃完，我要说的就是这些。"

听有关特别考核的说明的时候都没有做出很大反应的学生，在听到要没收手机时齐齐发出了痛苦的哀号。虽然有无人岛考核的经历，但是现在手机再次被没收一个星期，一定很痛苦。

"我也要提问题！"

看到池精力充沛地举起手，茶柱露出了苦笑。

"说男女要分开，那具体分开到哪种程度？"

　　"林间学校有两栋建筑，主建筑由男生使用，女生使用另一栋副建筑。两栋建筑虽然相邻，但男生和女生基本上这一周都要分开生活，休息的时候或者下课以后，没有许可不得外出。"

　　"也就是连说话都不行？"

　　"不，每天有一个小时，男生和女生会同时在主建筑的食堂吃饭，只有这个时间段学校没有另行规定，也就是可以自由行动，你明白了吗？"

　　"嗯！"

　　池难掩喜色，能和女生说话值得这么高兴吗？

　　我不由得转动身体向坐在不远处的篠原看去。

　　她看样子既有些惊讶，又因为池的话而感到开心。

　　也许是圣诞节的时候两人的聚餐进展顺利吧。

　　"没有其他问题的话就自由活动吧。"

　　觉得大家只会提出些无聊问题的茶柱立刻给提问环节画上了句号。

　　"老师，可以借用一下麦克风吗？"

　　平田叫住打算结束考核说明的茶柱。

　　"当然，尽管用。"

　　茶柱将麦克风放在座位上，如交接一般，平田慢慢上前，将麦克风拿在手里。

　　"照老师的话来说时间好像不多了，首先听听大家的意见吧，该怎样通过这次考核，以及大家想怎么划分小组。"

"小组成员尽量由本班学生构成更好，不是吗？从我们班筛选出十二人组成一个小组，再从其他班各选一个人，组成十五人小组就完美了。"

须藤对平田说。

"理想情况是这样的，但是其他班有人愿意加入我们组成的十二人小组吗？肯定没人愿意。"

这种赤裸裸地垂涎胜利的分组，其他班不会这么配合我们，而且没能取得第一名时的损失也很大。

"可是，脑子聪明的家伙组在一起的话，我们不就没有胜算了嘛。"

山内吐露内心想法，看来他还没有理解这次比拼的并不是学力。

"我们也想要得到个人点数的机会！"

我明白山内为什么会发这样的牢骚。之前的船上考核时大家也遇到过这种情况，排名靠前的大组能得到个人点数，而靠后的学生则没什么好处，甚至还要损失个人点数。

因此，大部分学生都想被分配到胜算大的大组里去。

"关于这一点，若大家都同意，我想采取平分的方法。我们并不知道哪些大组排名会靠前，所以等考核结束，确认个人点数到账之后进行平均分配。因为学校允许转让点数，所以这应该也没问题。"

若出现亏损，大家一起负担，风险也能下降。

"哦，这样啊，原来还可以这么做。"

成绩好的学生自然容易产生不满，但这次特别考核的话应该好办。

因为现在还不知道什么是成败的决定性要素。

"哈哈……"

听到平田的提案，一直背对着我们的茶柱笑出了声。

"因为你们没有问过，所以我也就没有回答你们，作为晋级到 C 班的奖励，我就给你们一个好建议吧。"

"建议？"

平田没有直接将其看作奖励，表现出了一定的戒备。

"在没有规则限制的时候，个人点数的转让确实是自由的，不论是考核中还是平常的生活中，可以在法律允许范围内随意移动。但是，个人点数的作用并不只是零花钱，这一点你们要明白。"

"我们知道存够两千万点数就能转到想去的班级，还能挽回退学的同学。"

"不光是这样，个人点数的使用方法各式各样，也许多一分，身处困境的时候自己就能得救，并非只有同学之间平均分配、相互支撑这一种方法才是对的。比如，池犯了错，不能立即支付一百万点数的话就得退学，但是不允许点数转让，也就是说，他在那个时候、那一瞬间，没有一百万个人点数的话就只能退学，这种情况下怎么办？如果持续点数平均分配战略，可能导致无法挽回的后果。"

被拿来举例的池在旁边咽了口唾沫。

"没人能保证在那个时候来救你，毕竟下一个陷入困境的可能会是自己，能救自己的就只有自己了。"

茶柱给的这个建议仿佛在暗示均分战略是个错误。

这可能是个好建议，但这下想要全班团结起来就难了。

"努力的人得到成功奖励，这在社会中是理所当然的事情。在社会上，与同事一起分工资和奖金的家伙恐怕少有吧，倒是值得敬佩。"

茶柱露出了笑容，就好像在说，现在你们知道了这些，怎么做是你们的自由。

茶柱所说的事情恐怕真实发生过。

这所学校的老师不会拿凭空想象出来的事情来煽动学生。

因为他们每天都按照学校的行为准则说话做事。

但这个说法的背后另有隐情。

个人拥有的点数确实重要。

但同时，同班同学拥有大量点数同样能在关键时刻救人一命。

　　之前我和堀北就以第三者的身份凑出一定的个人点数，成功救回了面临退学的须藤，这是我亲身体验过的事情。

　　大家都拿一定数量的点数也能够防止发生不测，毕竟大量的点数放在个人手里的话会有过度消费的风险，甚至会背叛整个班。

　　茶柱这是在扰乱自己班级的秩序。

　　当然，并不能完全否认这也可能是学校设计的……

　　"那我们少数服从多数吧，也不是直接就这么定下来，想知道大家听了老师的话以后做何感想，觉得今后对特别考核奖励进行均分更好的人可以举起手吗？当然以后改主意也没有关系。"

　　平田举起了自己的手，为第一个人。

　　大部分学生都在纠结，零星有人举起了手。

　　全班团结一致固然重要，但提前做好准备，让自己在紧要关头不被处分也极其关键。

　　现在绝大多数的学生手里只有几万到十几万的个人点数，因此想要成为第一名，获得足够的点数以应对意外的学生不在少数。

　　越是对自己没有信心的学生越是希望能均分，人数比我想的要多，但还是没有达到半数。

　　"谢谢大家。"

　　结果是班里的大多数人并不希望奖励被平均分配。这下，支持均分的平田也就不能轻易把事情往那个方向推进了。

　　"我多嘴了吗，平田？"

　　"没有，多谢您的建议，现在这个阶段就能知晓这个重要的信息对我们来说是件好事。"

　　我的手机振动了一下，以为是那个人的回信，遂将手机从口袋里拿了出来，没想到是来自堀北"妹妹"的信息，无疑和这次的特别考核有关。

　　现在有什么想法吗？

　　相当直白的一句。

　　什么也没有。

　　我回复完后，想了一下，又补了一句。

　　这次考核是男女分开的，我没什么能帮你的，加油。

　　我只给她加个油。堀北应该有很多事要和我说，但现在这个场合，是不可能的。快速结束和堀北的对话，我打开了另一个正在进行中的聊天群，绫小路小组（自称）。

　　启诚、明人、爱里，还有波瑠加正在各自就这次考核发表意见，激烈讨论着。

　　我没有加入，直接关闭窗口，侧耳听平田他们的对话。

　　"时间已经不够用来制定作战计划了，而且男生和女生在不同的地方进行分组，我们应该也难以提供什么建议。"

"怎么会这样……"

对于女生来说，这就意味着到时候就不能向平日里依赖着的、带领着全班前进的平田求救了，她们被不安所驱使。

"既然到时候我们男生帮不了女生，那么有必要从女生当中选出一名带头人，你能当这个人吗，堀北同学？"

平田在进行考核说明的时候应该就这么想了。

少女，堀北被选中。

班里能够担此重任的也就只有堀北了。

"好，大家有什么事情随时都可以来和我商量。"

堀北回答道，没有任何不愿意。

她虽然逐渐得到了班里同学的信赖，但还远不及平田。

现在堀北自己也清楚这一点。

"但应该有不少人觉得光靠我一个人是不够的，这话可能不该由我自己说，但我的性格确实让人不太愿意来找我商量。"

这话确实难以自己说出口。

"所以我想让栉田同学来当我的副手，如何？"

堀北对坐在前面的栉田发出邀请。

"我……我能帮上忙吗？"

"当然了，你是这个班里最受信赖的人。"

"唔……嗯，我愿意帮忙。"

"谢啦，这下大家要找我们商量就容易多了，不愿意直接和我说的，经由栉田转告给我也可以，不管是什么小事都行。"

先不说能否信赖栉田，这无疑是现在能采取的最好方法了。在这次考核的规定下，男女生难以相互干涉，男生参与到女生的战斗中肯定是不被允许的，上课和考核都不在同一个地方，只有晚餐的那一个小时能接触到，平常用来联络的手机也被没收，这就更使得男女生无法交流联系了。

即便如此，尽量多地收集信息也是必不可少的。

我必须找到能帮我收集女生方面信息的人。

班里，栉田的动向也让我有些在意。

我能调动的只有堀北和惠两个人，前者现在身处各种各样的麻烦中，而且会过度解剖我的意图，采取徒劳的行动。

更何况其他女生会来找她商量事情，她也就没有余力去做别的事情了。

这样的话，能用的果然只有惠了啊。

但也没办法将观察大组全员的任务强加给惠一个人。

我将需要她做的最低限度的事情发到她的手机上。

她很快发来一条空邮件表示她已经收到。

她心里明白，这个男生和女生分开作战的特别考核就要开始了，应该早就猜到我会联系她，惠自己或许也想要一些建议。

从负责人和连带责任制度来看，惠并非不可能成为牺牲者，因为不论是上课态度还是考试分数，她的情况实在算不上好。

那我就教她几招保护好自己。

虽然这些方法并不能用在每个人身上，但至少能降低退学风险。

对我来说，接下来的特别考核什么的无所谓，我也不想为了胜利制定什么策略，安稳通过就行。

不过就像是给惠发了建议过去一样，我也不打算什么都不做。

这次特别考核最差的结果就是C班出现了多数退学者。

而我一人必然无法完美地保护班里所有人。

有必要集中精力保护应该保护的对象。

除了我自己以外，我想保护对我有利的帮手，惠和平田。

牵扯到学生会的事情，也有必要把堀北留下来。

然后就是作为朋友的启诚、明人、波瑠加、爱里这四个人了。

我虽然希望这个四个人留下来，但他们并不在我的保护对象范围内。

只能单纯地在心里祈祷我的朋友不要退学。

像这样能将全校学生集结起来的机会并不多，不过我只要对南云的动向心里有点数就行了吧。我对周围展开的小打小闹并无兴趣。

1

大巴下了高速公路，沿着简单铺砌的山路缓慢爬坡。每次离开学校去的不是海就是山，我真怀疑这所学校是不是有亲近大自然的习惯。

不管怎么说，到了目的地后，新的特别考核将立即拉开帷幕。手机会被没收，要收集信息只能靠自己或者利用自己的人脉，可见其麻烦，而且轻易行动会使得自己的信息泄露出去，在行动上必须小心谨慎。

"真是不适合我啊……"

我坦率流露出心声。已经经历了好几次特别考核，我还是没有习惯。

在我的人生中，和别人合作的经历少之又少。

"马上就要到达目的地了，之后立刻在室内开始分组，然后分配房间、吃午饭，下午可以自由活动。"

"意思是……耶，今天不用学习了！"

池高兴地看向我。

应该就是这样的，不过今天不是暑假，是个普通的工作日。虽然坐车到了这么远的地方，没想到还有自由活动时间，就像在郊游一样。

大巴到达目的地后，在停车场停下。

"叫到名字的学生按顺序交出手机，然后下车。绫小路，池……"

茶柱老师按五十音图的顺序点名，让学生下车。我关闭手机电源，将它放入老师身旁的塑料箱里。

刚下车，立刻就有平时没怎么见过的老师走过来，让我们到离大巴有一定距离的地方等待。

"啊，好冷！"

从大巴下来的池抱紧自己的身体，喊了这么一句。这里是山岳地带，比学校要冷，但下一秒，能让我们在一瞬间忘记寒冷的景象出现在眼前。

"哇……好大啊，普通林间学校的规模可没有这么大……"

下车的位置似乎在操场的旁边，再往前有两栋古色古香的校舍，这里不愧要容纳全校学生，规模超出想象。

我们将在这里度过接下来的一周。

无人岛的时候也是如此，我们基本上没有在这样的自然环境中生活的经验。

如果考核内容和这有关，当过童子军的池应该能帮上忙，体力方面的话须藤则很可靠。

女生也依次下车，堀北刚一下车就想来找我，但不凑巧的是已经开始列队，她没能成功。

男女被分开，前往各自的校舍，男生去的是被称为本栋的大校舍。

"这是以前的木质校舍啊，虽然看样子已经有好些年头了，但可能是保养得当，状态还很好。"

平田开口说道，周围人也和他的看法一致。路过的房间里没有空调设备，只有中间放置着暖炉，这里应该是教室。

恐怕从明天开始就要在这样的教室里上课。

我们被带到了体育馆。

A班和B班的男生早已到达，看向我们这边。

之后进来的是D班，接着二年级和三年级的学生也依次进来，我们列队排列整齐，原地待机。

无论是A班还是B班学生，互相都没有说话，沉着冷静。

应该在大巴上的时候就已经制定了大概的作战方案与方针。

2

所有年级的男生都集聚在了体育馆，我们作为晚辈的一年级学生站好队，静静等待指示。不久后，一名其他年级的老师站到讲台上，手持麦克风说道：

"大巴上已经进行过事前说明了，大家应该都理解了考核的内容，所以不再进行重复说明，我们为大家准备了分配小组的场所和时间，请各年级经过讨论后分出六个小组。除此之外，合并大组将于今天晚上八点开始，就这些。另外，不论是分大组还是小组，学校将完全不干涉，也不会作为仲裁者参与进去。"

他指示全体男生可以按自己的想法在这里进行分组，在合并大组之前，先划分好小组。那么，其他班级会采取怎样的分配方案，目标又会是什么呢？这些在大巴上应该已经大概确定了。

各个年级隔开一定距离，在体育馆内开始分组。

我虽然很在意其他年级的情况，但隔着一定距离，从我这个位置看不出他们有何具体动作。

我就这样若无其事地观察着高年级学生。

分组开始后没过几秒钟，一年级里就有班级开始行动了。

本以为要持续探一会儿口风，没想到 A 班已经有了动作，明显要组成一个多人小组，在现在这种胶着的状态下，非常惹眼，引起了周围人的注意。过了一会儿他们终于形成了一个由十四人组成的小组，然后对着我们其他班级干脆地说道：

"正如大家所见，我们Ａ班打算以这个阵容组成一个小组，现在小组的人数是十四人，再有一人能够加入就凑齐了必要人数，我们想向大家征集一人加入我们。"

说这话的是Ａ班一个自称的场的学生。

这十四人里也有葛城的身影，但说话的却是这个叫的场的男人，那么葛城应该不是这个小组的负责人。总而言之，Ａ班首个提出要建立一个以自己班学生为主的小组。

"喂，你怎么擅自就做决定啊，全是你们的人这也太狡猾了吧。"

须藤愤怒地瞪向的场。

"是吗？我们的提案里，小组内最多只有两个班的学生，获得第一名时的奖励也翻不了多少倍，我不觉得这是个贪婪的提案。"

"可……可十四个人也过分了吧。"

"没有这回事，倒不如说，这是平等的。剩下的三个班级可以成立三个十五人小组，和我们一样这么分组不就好了？"

"是这样吗？"

须藤没有立刻理解的场的意思，回头看平田。

"是这样的。"

"懂了的话就好办了。顺便说一下，我们Ａ班还剩六个人，很乐意加入大家划分的小组，不论是什么样的小组结构。"

的场一副"这样如何"的表情看向平田，面露微笑。

他也对 B 班的神崎和柴田投去同样的目光。

"唔……是啊，这么做也还不错，神崎你怎么看？"

"抱歉，我还不能立刻给出回应。"

"也是，想来 A 班剩下的六人虽然不至于故意拉其他小组的后腿，但还是要警惕。"

A 班采用速攻法，迅速划分小组，神崎无法立刻做决定，暂时保留自己的意见。

但是，的场又以强硬的口气开口说道。

"那么给大家五分钟的时间，请在这五分钟内做出决定。"

"还规定时间？小组划分可才刚刚开始，而且这只是你们 A 班的提案，单方面决定可不是什么好事，只给五分钟的考虑时间，这太过分了。"

按照这个提案，每个班级都可以像 A 班一样出十四个人组成一个小组，但这对所有班级来说并不都是一样的。赢的时候点数翻的倍数少也没关系，能这么想的只有点数领先各班、现在处于第一名的 A 班。

"嗯，可能这件事确实不能只由我们来决定，但请不要弄错了，我们的意思只给五分钟的交涉时间，只有在这五分钟内做出决定的人可以享受特别范畴待遇。"

"特别范畴？"

的场主导了事情的发展，现在其他班级学生的想法还没有定下来，正因为如此才可以随心所欲进行提案，可以称得上是先发制人。

"我们 A 班的十四人组成一个小组，然后接收其他班级的一个人，先不说这是不是最好的方法，我们确实想要实行它。因此，我们会给这个人，也就是特别范畴内的这个人，提供特殊待遇。"

的场顺利地将各班本应在大巴内提前决定好的方案告诉我们。

"加入我们小组的学生不会承担任何风险，小组的负责人由葛城同学来担任，万一得了最后一名，要承担责任的也只有葛城，我们保证不会让这位同学承担连带责任。当然了，这只限于他没有故意拿低分或者伤害同伴的情况。单纯成绩差，我们也是允许的。"

这就是特别范畴的意思啊。

"真的假的……"

一部分学生看出了这个特别范畴提案的好处。要为班级划分出胜利时点数能多翻几倍的小组，为了胜利还必须在组内汇集优秀成员。但是，想这些事情的基本上都是班级里的中心人物。对于害怕退学的一般学生来说，这个能使人百分之百安全通过考核的"特别范畴"制度是一个不错的选择。

明明要担任负责人的是葛城，现在控场的却是这个叫的场的男生。从他的语气以及措辞可以看出，他是个相对能干的学生，看来 A 班里卧虎藏龙。

可是葛城为什么不站出来呢？是因为失去了在班级里的地位，要承担当时失败了的责任吗？

"我们打算以这个阵容夺取第一名，所以加入的这名同学能够获得个人点数奖励的可能性很高，各个班里应该也有对这次的特别考核没有信心的人吧？"

他环视了一年级的全体学生。

他的这席话对想加入这个特别范畴里去的学生很有影响力。

"五分钟内决定不了的话，这个特别范畴就会作废。万一我们小组要受罚，那时候将会毫不犹豫、直接让他承担连带责任。"

"这个提案虽然有点意思，但是五分钟后再加入时它的价值就会锐减，应该没有人想加入这样一个自己承担连带责任可能性高的小组吧？"

神崎追问道。

"就是啊，谁愿意加入这样一个小组啊。"

被特别范畴待遇吸引了的学生又纷纷改变主意。

"不管大家怎么想，我们也绝对不会让步。"

说完，的场带着小组成员后退了一步。

表示不打算参加讨论。

"我们无视就行了吧，过了五分钟，是不会有学生再愿意加入那个小组的，他们早晚会回来和我们讨论商量。"

"嗯。"

神崎和柴田决定先不去理会，暂时冷静了下来。D班的金田他们也没有什么特别的动作。

只有平田在听到A班的提案后想法好像有些不同，向我、启诚和明人靠了过来，小声询问我们的意见。

"……你们怎么想?"

"A班的作战方法吗?"

启诚率先回平田的话。

"嗯，我倒是觉得他的提案不坏，对我们来说，C班必须全体成员顺利通过考核。我们刚刚升到C班，不想破坏这个好的氛围，我也不希望有同班同学退学，而最后一名的小组是有退学风险的。如果我们把对考核没有信心的同学放到A班的这个小组里，暂且能放心不是吗?"

确实，想得到保护的话，A班的这个提案正好可以提供。

"不过谁能保证A班最后会遵守特别范畴的约定呢? 有可能在得了最后一名的时候，强行让这名同学承担连带责任。光是口头承诺可不靠谱。"

平田的不安很合理。

口头承诺本来也有法律效力，但就算到时候强调这一点，带来的也只是无休止的争论。

A班一直装傻充愣，不承认的话，事情就麻烦了，而且不承担连带责任的前提是没有"故意"做危害小组的事情。假如学生的考核成绩不理想，很难辨别其是不是故意的。

现在没有纸也没有笔，无法留下书面承诺。

学校也表示完全不会干涉小组划分，拜托老师也没有用，让老师帮我们作证也是没有意义的。

话虽如此，的场提出的这个特别范畴，一年级所有人都听到了，无视这一约定强行让其他班的人承担连带责任，这对他们也很不利。基本上这个提案还是可以相信的。

"……让他们帮我们保护一个学生，也许是可行的。"

启诚似乎也赞同平田的意见。

"嗯，接下来就看B班和D班如何选择了。"

要是接受了特别范畴制度的话，可能就得配合强行这么分组的A班了。

时间虽然紧迫，但平田还是想顾虑周全，考虑到最后一刻。

那个突然的提案已经被提出了三分钟左右，虽然不知道他们有没有一秒一秒认真计数，反正的场从容不迫地站在那里，不知道是确信会有人举手，还是在考虑别的作战方案。

而我们 C 班要不要再静观两分钟，等待的场他们开始行动，就在于 B 班等其他班级领导人怎么做了。

"神崎，我有个提案，你要不要听？"

D 班金田靠近 B 班的神崎，对他这么说道。他并非耳语，而是以周围人都能听到的声音堂堂正正来和神崎接触，金田还招呼平田过去。平田走了过去。

"我觉得这是个机会，A 班这么分组的话，就算胜利了点数也只能翻一番，而且只要我们同意他的条件，还可以得到随意分配 A 班剩下的学生的权利。也就是说剩下的小组可以全部由四个班级组成，考核排名越高，越能缩小和 A 班的差距不是吗？"

"前提得是我们能赢过 A 班。"

虽然不知道具体成绩，但 Paper Shuffle 的时候，A 班打败了 B 班。

如果这次考核比拼学力，这对我们其他班级并不利。

"确实有风险，但这次并不单纯是学力比拼，怎么样？这是打倒 A 班的绝佳机会，我觉得这个提议不错。"

金田率先表态。他的目的是让 B、C、D 三班合作围攻 A 班。

"我们三个班能合作的前提是需要认可 A 班十四人的这个小组，成功了的话可以得到四倍的点数，这不是很划算吗？而且还为我们准备了特别范畴制度，也算是让他们如愿以偿。"

"是的，我觉得金田同学的方案不错。"

平田同意了。神崎要更加慎重，没有立即做决定，但是看样子也在认真地考虑四个班的学生分组时的好处。

"但是要把谁放到那个组里呢？至少我们 B 班包括我在内，没人想加入由 A 班组成的小组。"

虽然能得到特别范畴的保护，但这个人要独自一人和 A 班的学生在一个组里度过七天，确实不是一件舒心的事情。

"我想问一下 B 班和 D 班的学生，有人愿意吗？"

听到平田的提问，两个班的学生朝他看了过去。

但没有人举起手。

"那 C 班的大家呢？"

这次问的是自己班。

不过 C 班反应和 B 班、D 班一样。应该也有觉得特别范畴制度不错的学生，但是想到周围人异样的眼光和自己加入后尴尬的处境，迟迟不愿意举手。

"我个人推测，A 班应该会信守承诺。"

"怎么能这么断定呢？"

"因为他们是 A 班，如果这次在公开表示了不会让其他班的学生承担连带责任的情况下，强行把连带责任安在比他等级低的班级学生头上，以后没有人会再相信他们 A 班。现在还只是一年级的第三个学期，在这个阶段失去了其他班的信赖，对他们来说是很大的损失。"

平田的想法是有道理的。

如果这次是决定最后成败的终极之战，A班就不会在意这么多了。

但现在还剩两年多的时间，这次在一定程度上展现出他们信守承诺的一面的话，下次考核也就还能用这招。

平田觉得从时间上来看，他们不会突然乱来。

"我虽然不想夸奖敌人，但他们毕竟是A班，成绩比我们要好，我觉得他们不会出现落到最后一名或者平均分相当低的情况。所以绝不是被分配到一个会输的小组里，我希望大家认识到一点。"

池他们应该也很大程度上理解了平田的意思。

"幸而现在B班和D班里没有人举手，所以我想从C班里选出一个人进入A班小组，他们赢了的话我们小组能得到一定的奖励，也能避免退学。"

他在说话期间主要看向了池和山内他们。

他想尽可能地守护对自己的能力没有信心的学生吧。

平田最后追加了一句。

"你能保证特别范畴内的学生就算考核成绩低于小组平均分也不追究他的责任吗？"

平田向的场确认。

"当然了，我们从一开始就没有期待过他能取得好成绩，只要能遵守一开始所说的条件，我可以保证不追究责任。"

"……我去吧。"

池小声嘟囔，山内听到后也说了一样的话。

"鄙人也想去。"

博士也报了名，一共三人。

"那公平起见，剪刀石头布，赢的人加入那个组。"

在平田的引导下，三人剪刀石头布决定谁去谁留。

最终，获胜了的山内加入了 A 班小组。

就这样，由 A 班主导的第一个小组就诞生了，他们留下六个人，前去向真岛老师报告。这些事情发生在仅仅几分钟之内。

"那剩下的我们就能舒舒坦坦地分组了，具体怎么分呢？倒也能像 A 班那样成立三个以本班十四人为主的小组，然后借鉴 A 班战略不让另外加入的那个人承担连带责任，将合作顺利进行下去。不过，我们班希望采取刚刚提的那个四班组合法。"

"是啊，既然接受了 A 班的提案，现在应该让四个班组合在一起吧。"

"我没意见，C 班觉得如何？"

神崎和金田对奖励翻好几倍的作战方案念念不忘。

"目标是胜利的话，四班组合是有必要的，我不反对。"

"等一下，平田！这么轻易就同意真的好吗？我可不觉得我能和石崎那些家伙待在一个组里。"

须藤插了句嘴。其实不光是须藤，启诚等许多C班学生都有这种想法，而且从B班和D班队伍里也传来了不满与牢骚。

四个班组合在一起，奖励能翻好几倍，好处多，但也容易产生问题。

水火不容的学生组成一组也会影响到成绩。

"我明白，这件事不会很快谈妥，A班可能是以什么标准选了十四个人，划分成了一组，而我们的情况要复杂得多。"

从A班学生的接受程度来看，奖励应该由全班同学平均分配，或者可能向没有加入小组的六个负担大的学生许诺了更高的奖励。在A班那个安全位置上，这种方案是不难成立的。

"一边听取大家的建议一边试着分组怎么样？有问题的话立刻解散。"

"嗯，我也赞成，继续互相试探，恐怕也难以达成一致意见，到头来只是浪费了宝贵的时间。A班学生已经解决了分组问题，进到下一个阶段了。"

大家认识到了争执只会让事情停滞不前。

其他学生可能打算暂且让班级领导人来完成这个分组任务，所以也几乎没有异论。

"我也不反对。"

金田也爽快同意了。小组划分现阶段进展顺利。

不过看到现在这个情况，大家虽然没有提出异议，却都面露惊讶。大家都知道，一直以来担任 D 班领导人的不是金田，而是龙园，但被认为是领导人的龙园不仅没说一句话，而且待在距离所有人一定距离的地方，根本没有理会这边的情况。

第三学期已经开始了，龙园退出一线的事情也已经人尽皆知。在不知道具体内情的学生中，怀疑这只是假象的人当然不在少数。

"我姑且问一下，你是听了龙园的指示吗？"

这个问题连平田和神崎都不好开口，柴田却单刀直入。金田摘下眼镜，吹走粘在镜片上的灰尘。

"不，这是我个人思考后的结果，和他的想法没有关系，假设我们在背后有联系，现在在这里表达意见的也只是我自己，有什么问题吗？"

柴田走近表情变得有些严峻的金田，向他道歉：

"没有问题，我只是想确认一下，抱歉。"

"没事，我们继续往下进行吧，小组划分的问题说不定要花费相当长的时间，没时间闲聊了。"

小组分配的确是个难题，每个人都要为小组而行动，同时也要为自己不成为退学者而努力，为了班级能够获得奖励而奋斗。这些事情看似简单，实际上特别麻烦。除此之外，比起拉有实力的人进组，小组划分更是一场让别人将鬼牌抽走的战役，关键在于如何将本班要拉后腿的学生塞到别的小组里去吧。

为了推进分组进程，C班平田、B班神崎、D班金田各自作为十五人小组的第一个人站了出来，十人小组的问题先暂且搁置。

开始从班级内选出十一个人。

想要进入本班小组的数名C班学生立刻聚集到平田旁边，在以自己班级为主导的小组里能够避免承担连带责任，而且相互之间都熟悉，其他班的干涉也少，自然吸引人。B班也是相似的情况，比预想更快地达到规定人数。剩下的D班也慢慢开始小组分配。

在关注D班分组情况的不光是我，神崎和柴田等主力学生自不用说，还有许多学生都在观察，因为大家想知道龙园翔现在对于D班来说是一个怎样的存在。

B班和C班都还没有完全相信D班。

因为龙园这个人，之前几次三番给我们设下陷阱，大家不相信他也是情有可原的。

"清隆你打算怎么做？"

启诚和明人来找我确认这件事。

"你们两个呢？"

我做出一副纠结的样子，反问他们。

"我想要配合启诚，毕竟我不擅长用脑子思考问题。"

"……C班为主的小组确实有吸引力，但说实话我对平田的做法有点不满。"

"为什么？"

明人追问道。

"因为平田比起赢，好像更看重保护同伴。虽然这不是坏事，但最终获胜的概率也会下降。现在池、鬼冢还有外村都希望进入平田小组。他们能不能在小组里起到作用自然要视考核内容来定，说不定成绩比我要高，但是按现在设想的考核内容来看，他们拿不了高分的可能性更高。"

"好像是这样……"

"A班并非乌合之众，就算山内在A班小组里面拖了后腿，谁也无法保证平田小组就能赢，能避免的只有连带责任。既然如此，我觉得我们应该加入一个十人小组，集合精锐力量，夺取胜利。"

"最后按平均分进行排名的话，这倒或许是一个可靠的方法。"

一年级全体，男生共计八十人。

每个班各有二十人，将其分配好的话就是这样：

A组（十四人A、一人C）＝十五人

B组（十二人B、一人A、一人C、一人D）＝

十五人

C组（十二人C、一人A、一人B、一人D）=
十五人

D组（十二人D、一人A、一人B、一人C）=
十五人

剩余二十人（A班三人、B班六人、C班五人、D
班六人）。

这二十人将组成两个小组。

在几乎所有学生都按照各班代表所思考的那样参与
队伍建立的同时，也有不这么做的学生。

这个人无疑就是D班的龙园翔，他好像从一开始就
不想参与进来，不和任何人说话，只是一个人待着。

但他并非孤独，也不是不被人理会，落寞地消磨时
间，而是散发出一种孤高傲世之感。

不过，不将小组全部定下来，就没办法进入下一个
阶段。

最终接纳他的必然是某个十人小组。

现在连同班的石崎都不叫他。能打破这种局面的，
我只能想到一个人。

"龙园同学，你要不要加入我们的队伍？"

向龙园搭话的，自然是我的同班同学平田。龙园现
在差不多已经退出了班级等级之争，对于这个被强迫参

加的考核，他肯定嫌麻烦，但另一方面，他应该也不会反抗。

"等一下，平田！把龙园当成伙伴？这可不是在开玩笑！"

要加入平田小组的所有人都表示反对。

谁愿意将一颗最大的炸弹放在自己家里呢？要想升到 A 班，龙园翔是最忌讳的存在。

大家已经对这所学校的 A 班之位争夺战有了一定的理解。

但同时也有涌现出的疑问。

那就是以"非 A 班"的身份毕业的时候要面临的情况。

当然享受不了想去哪里上大学、上班，就能去哪里的梦幻制度。大家想知道的是那个时候自己能得到多高的评价。

这个问题困扰着所有学生。

好消息和坏消息交相呼应。

坏消息是会被贴上"失败学生"的标签，学校和公司也会根据这一点，不录用自己。

但在另一方面，也有人认为会有不少地方看中高度育成高等学校毕业生这个身份。在实力至上的学校中历经三年磨炼获得了宝贵的经验，以及这是政府主导的学校这两点应该会被高度评价。所以可以这么认为，只要不做过高期望，在这里毕业的价值，也就是好处还是很大的。

不管是 D 班还是 C 班，都没有必要因为没能升到 A 班而过分悲观。

二年级里，南云拥有压倒性的力量，并在几乎所有人的支持下君临 A 班，甩开其他班级一大截。现在离毕业还有一年的时间，就算有逆转的余地，对于靠后的班级来说实在是困难。三年级也是相似的情况，虽然不及二年级之间差距大，但听说堀北哥哥所率领的 A 班一次都没有让出过第一的宝座，遥遥领先。

至少对于现在二、三年级的 D 班来说，逆转的可能性无限接近于零。如果没有回答出智力问答比赛的最后一个问题而使得一直以来的分数得到大逆转一样的操作的话，升到 A 班是不可能的。

把还没有把握整体情况的一年级学生先放在一边，恐怕不会有学生觉得就算退学也没关系。

毕竟不会有学校和公司会欢迎在战斗中失败而退学的学生。

由负责人选出承担连带责任学生的制度，说到底就是为了起到抑制作用。

主要是为了防止有人用强制性方法逼迫别人退学，但即使如此，还是要保持戒备。因为也有学生不把退学放在眼里，或者自己担任负责人要退学的时候，不顾一切拉别人来垫背。

也就是说负责人以外的学生有必要尽可能地拿高分，使自己不会成为连带责任的对象，同时不得罪负责人也很重要。

"居然要收留我，平田，你可真是了不起。不过，看样子你们内部还没有商量好。"

对，组内有人反对这种小组划分的话，这个小组是绝对成立不了的。

就算平田再怎么劝说，须藤他们也绝不会同意让龙园加入。

"启诚，十人小组的精锐力量作战是不是也有风险？"

明人看着剩下的人，嘟囔道。

"……风险比我料想的要高。"

启诚也感觉到了这一点，呆呆地叹了口气。

C班剩下的人是我、启诚、明人、博士和鬼冢，然后还有高圆寺。

博士和鬼冢好像本来想加入平田小组，单纯因为人数超出限制了，没能加入。高圆寺又是一个以自我为中心的人，一言不发。

可以主张让C班剩下的这几个人组成一组，但现在还有两个十人小组要组。根据"四班组合法"，C班剩下的人只能分开。

而且想积极担任负责人的学生所剩无几，时间就像停住了一样，学生们一动不动。

"我只要不和龙园在一个组就成。"

B班的一个学生提出了自己的主张。

"我也想避开龙园。"

旁边的启诚也是同样的想法，看样子谁都不愿意和龙园待在一个组里，大概是因为不知道和他待在一起会生出什么幺蛾子吧。

唯一可能和龙园组成一组的石崎等人现在也离龙园远远的。没有直接参与天台事件，且可能对龙园没有太差印象的椎名日和，因为是女生，也改变不了现在的情况。

"看来这件事不好解决啊。"

"把他放到D班小组里是最好的办法。"

"要是能这样就好了，但现在的情况实在是复杂。"

"……我听说了你们关系破裂的消息，但没有证据证明。"

神崎，不对，是在场的所有学生都怀疑这一点也是自然。现在的状况看上去就像D班故意疏远龙园，打算让他到其他组里干点什么坏事。

"神崎同学，我真的觉得龙园同学现在处境困难的话，我们应该做点什么。"

"'做点什么'的意思是B班和C班来帮龙园?"

"嗯。"

"那就算 D 班得救了，也是牺牲了两个班换来的。权衡风险，招龙园进组绝不是什么好计策。"

神崎是正确的。招龙园进组所要承担的风险，本是他所属的班级该承担的，没必要搬起石头来砸自己的脚。即使金田和石崎他们讨厌龙园，也不该将他硬塞给其他班级。

如果这是两人搭档的比赛，或许平田会毫不犹豫选择龙园，可这次的小组由十人以上的学生组成，一个人的善意决定不了所有。

沉默悄然降临，暗示这次小组划分需要更长的时间，这出乎了大家的预料。而且排除了龙园，很快就成立好了的那三个小组内部似乎也出现了猜疑。

3

"我有一个提议，现在的问题是龙园。因为无法决定将龙园安置到哪个组里而产生了分歧对吧？那么，我可以担任接受龙园的小组的负责人。"

说话的是本在一旁静观事情发展的明人。

所有人都抗拒龙园，但明人表明要接受他，这让人觉得可疑。

"你有什么企图？"

"很简单，作为补偿，获得第一名时我想要更多的奖励。"

不是没有反对的声音，大家都知道把龙园留在身边的危险系数更高。不过，明人不像是冲着奖励做的决定，看上去只是因为反正没有其他人会接受龙园，就随便扯了个理由。

"这是什么提议？你的目的是不是在得了最后一名的时候，让某个特定的人承担连带责任？"

"只要那个人没有故意拉后腿，我就不会这么做，而且规则也不允许。"

在明人清楚明确的回答下，临时小组的成员们都沉默不语。

就这样几经周折，一年级男生的六个小组终于分好了。

我们的小组成员同样也决定好了。

C班是高圆寺、启诚、我
B班是墨田、森山、时任
A班是弥彦和桥本
D班是石崎和阿尔伯特
小组共计十人

和同一个班的学生占大多数的那四个组明显不同。
明人所率领的另一个组也和我们一样。
不过我所在的这个组，因为特殊情况，现在还有一个问题。

那就是唯一的负责人还没有定下来。这个组里好像没有能发挥出领导能力、想积极担任负责人的学生。

因为没有一个能统领大局的人，小组里充满了尴尬气氛。不过，当务之急是向学校报告小组成立，选负责人的事情可以往后放一放。我们作为第六个小组，十个人一起前去报告。

"虽然避开了龙园，但这个小组能不能取得好成绩也难说。"

启诚有些不安。说实话，我们并不知道 C 班以外的那几个学生水平是好还是坏，我本来想避开和石崎、阿尔伯特待在一个组里的，但现在也已经无计可施。

石崎明显为了躲避我而故意不看向我这边，但应该不至于让第三个人察觉到什么，只会让人有一种他单纯是眼里没有我的感觉。

"高圆寺也是个麻烦。"

他认真做的话，无论是学力还是身体素质都无可挑剔，但前提是他得"认真做"。

"高圆寺再怎么奇怪，应该也不会做什么蠢事吧？被扣上连带责任就完了。"

我虽然觉得他会随便考一个高于平均分的成绩，但有一点我可以肯定，他绝对不会认真对待考核。

只要高圆寺没有干劲，那么谁也猜不到事情会如何发展下去。

报告结束，我发现早就应该出去了的 A 班中心小组还留在这里。本来以为他们是想知道剩下五个小组的划分才留在这里的，但现在看样子并非如此。因为他们周边还有二、三年级学生的身影，最重要的是，二年级学生中还有一个正在释放出压倒性存在感的学生会会长南云。

确认一年级全体学生已经分好了小组后，他走过来对我们说道。

"本以为你们还要再多花一点时间的，没想到这么快。"

二年级和三年级也已经基本上分好了小组。

"我有个提议和你们一年级的说，要不要现在就合并大组？"

"南云学长，这不是晚上要做的事情吗？"

"那是因为学校没想到你们会这么快分好小组，是对你们的照顾。现在正好所有年级都分好了，直接合并大组不更好吗？"

老师好像也没想到事情会变成这样。

察觉到这边有合并大组动向的老师慌慌张张地开始做准备。

学生会会长亲自提议，其他学生不可能拒绝。

"没关系吧，堀北学长？"

"嗯，我们也认为现在合并大组更好。"

在这样的短暂对话后，南云展开了提议。

"怎么办好呢？采用选择制来决定怎么样？从一年级的六个小组里选出六个代表来猜拳，决定出选择顺序，从赢的人开始，在二、三年级中进行选择，这就选出大组了，公平而且省时间。"

"一年级学生对二、三年级不了解，这种方法缺少公平性。"

"要想实现完全公平是不可能的，无论如何拥有的信息量都有差距。"

在南云和堀北哥哥短暂却重要的对话里，一年级自然插不进去嘴。

"一年级的，你们觉得怎么样？你们对这个方法有什么不满的话就说出来。"

南云问道，明明知道我们就算有不满也不敢说。

"我们没有意见。"

A班的场代表所有一年级学生回答道。

"这样啊，那就赶快开始吧。"

南云漏出一丝笑容，和自己组成的小组会合。随后，二年级和三年级的六个小组都区别明显地站开。

一年级中的五个小组的负责人走出队伍，站到前面来。

南云的表情十分平静。

“就剩那一个小组了。”

我们小组因为还没有定下负责人，所以没人代表小组站出去参加剪刀石头布，我以不会被别人发觉的力度轻轻推了一下启诚的背。他脸上瞬间露出了诧异的表情，但还是无奈地举起了手。

六个小组代表围成了一个圈，开始剪刀石头布。

结果是启诚排在第四来选择高年级小组。

第一是 A 班以的场为中心的小组，第二是 C 班中心的平田小组，第三是金田代表的 D 班中心小组。

“你们可以商量要选哪个组。”

能称得上热门选择的小组应该是二年级 A 班领导人学生会会长南云所在的南云小组和三年级以堀北哥哥为中心的小组这两个，但是像平田这样的熟人和朋友遍布各个年级的人，应该能找出那种隐藏其中的优秀小组。

的场排在第一个，他毫不犹豫地选择了堀北学所在的小组，受此影响，排在他后面的平田依次观察剩下的十一个小组。

他最后选择的并非另一个热门小组。

而是一个我谁都不认识的三年级小组。

“喂，平田！这样真的可以吗，学生会会长的那个小组不挺好的吗？”

池插了一句嘴，这倒也是理所当然。

“嗯，这样应该可以，优秀的人虽然吸引力大，但随之而来的问题也必然会增多，而且我选择的这个小组里的学长们也都不差。"

平田自信地点了点头。

池应该觉得既然平田都这么说了，不必再多问，这应该是在于他们之间迄今为止培养出来的信赖。接下来是 D 班小组，金田和班里同学商量了一下，或者更准确地说是他将自己想选的小组告诉了班里同学，并没有出现反对意见，于是他立即说出了自己的选择。

"我们选二年级乡田学长的小组。"

又没有选南云小组。

"为什么要避开南云呢？"

我小声地质疑，站在我旁边的明人解释道：

"大概是因为那个小组里面除了南云学长，其他成员不太好。"

"是吗？"

"也不是说所有人都不好，主要是里面 C 班和 D 班的人太多，二年级里 A 班人多的小组被金田选走了。"

也就是说金田并不是单纯避开南云，而是选择了一个看上去更可靠且强大的合作伙伴。

但让我在意的是，为何南云没有自己组成一个以 A 班为中心的小组。当然，我知道南云已经掌控了二年级所有人，可就算是这样，以自己班级成员为中心分组，考核的胜算应该会更大。

然后就是第四，该启诚出场了。

"我来决定吗？"

启诚询问小组成员们。

"我随便，反正都不认识。"

石崎代表的 D 班将选择权交给启诚，A 班没有提出什么意见，B 班一开始也没说什么，但思考过后得出结论。

"选南云学长的小组。"

虽然里面 C 班和 D 班的成员多，但应该是看中了里面有学生会会长坐镇。启诚接受意见，选择了南云所率领的小组。之后讨论持续，第二轮的选择也结束了。终于，六个大组的合并工作得以完成。

"堀北学长，既然我们恰好分到了不同的大组里面，要不要比个赛呢？"

堀北锐利的眼光射向南云。

另一面，三年级学生里也传来了带着点惊讶的叹息声。面临即将正式开始的特别考核，三年级的藤卷就像是大臣要进呈忠言一样向前走了一步。之前体育祭的时候他也站出来处理过班级事务，看来应该是个有一定发言权的学生。

"南云，你这都第几次了，别太过分！"

"'第几次'是什么意思呢，藤卷学长？"

"你这样向堀北发起挑战的事情，我之前都没有干预过，但这次是包括了一年级学生在内的大规模特别考核，我不能容忍你这种玩弄别人的行为。”

“为什么呢？这所学校里谁对谁宣战也不是什么奇怪的事情吧，特别考核的规则书上也没有明令禁止。”

面对身材高大魁梧的藤卷，南云毫不怯懦。不仅如此，还在继续自己的挑衅言辞。

“我这是在和你讲基本的道德，没写在规则书上的事情里，有能做的，自然也有不能做的。”

“我可不这么觉得，倒不如说只局限于同年级竞争的学长们，才是阻碍在校生成长的罪人，不是吗？”

“就算你当上了学生会会长，也不意味着做什么都可以，你更要认识到这是一种越权的行为。”

“那就请让我认识到吧，我要不要也挑战一下藤卷学长？毕竟你也是三年级 A 班的老二。”

南云露骨地把这种不屑表现出来，将手伸进口袋里，姿态傲慢。

这简单的挑衅让一部分三年级学生备感屈辱，几个人正要上前，但被堀北阻止了。

“我从来都没有答应过你的要求，你知道这是为什么吗？”

“嗯，朋友都说你是因为害怕输给我，不过肯定不是这样的，堀北学长是我见过的人里面最优秀的，不可能害怕失败，说起来，堀北学长应该就没有想过会失败。"

从侧耳倾听着南云说话的二年级学生身上，甚至能看出他们对南云的崇拜。

他不只被看作朋友、恩人，也有人把他看作竞争对手、讨厌的人，还有人把他看作值得尊敬的对手。总而言之，看向南云的学生怀抱着各种各样的感情。

入学以来的两年时间内，这个男生用常人难以做到的方法实现了许多事情。其量之多，程度之大，连三年级学生都无法理解，一年级的就更不懂了。

"其实你应该只是和藤卷学长一样，不希望展开无益的纷争对吧？"

"你所喜爱的纷争卷入了太多的其他人。"

"可这才是这所学校所推崇的手段，是真正的乐趣啊……看来我们对学校的规则看法有所不同呢。我本以为在体育祭接力赛的时候能和学长来一场没有退路的对决，可惜没能实现，我可是一直处于欲望得不到满足的状态。"

"我不觉得这次考核里二年级和三年级之间进行对决有任何意义。"

"是啊，我就知道学长会这么说。可我期望的只是原学生会会长和现任学生会会长的个人比拼。学长马上就要毕业了，我想在那之前试试自己是不是已经超过了你。"

南云的欲望没有限度。

"你要和我比什么？"

三年级学生瞬间惊诧万分，因为看样子，堀北哥哥要接受来自南云的挑战。

"就比谁能让更多的学生退学如何？"

一年级和三年级内一片哗然。

"我没时间和你开玩笑。"

"我还觉得这个挺有意思的，不过这次就先算了吧。我认真提个方案，就看哪个组能得到更高的平均分吧，简单明了。"

"好，我可以接受。"

"谢谢，我就知道学长会同意的。"

"但是，自始至终只能是你我之间的比赛，不要把别人牵扯进来。"

"不能牵扯进来啊……可是，唆使别人牵制对方团队也是作战方法的一种吧。"

"那和考核的本意差太远了，考核主要是看自己团队的凝聚力，万万不可钻对方的空子，扰乱对方内部秩序。"

"……什么意思？"

石崎不由自主地问启诚。

"只允许光明正大的实力比拼，简单来说，就是不能像龙园那样耍阴谋诡计。"

"……原来如此。"

没人注意到这两个人的窃窃私语，堀北哥哥和南云的对话还在继续。

"要是你不接受我所说的条件，我就不能接受挑战。"

堀北哥哥否定的是坑害对手的行为。

这是为了阻止南云做他擅长的事情。

"就是不能为了赢，对堀北学长底下的人出手的意思对吧？好啊。"

本以为南云会纠结，没想到他很快就接受了。

但堀北哥哥追加道：

"不光是我们组的人，你也不能操纵其他学生，你要是做了什么被我知道了，这个比赛立刻作废。"

"不愧是学长，这都没逃过你的眼睛。我确实想过要谋求其他团队的合作，让他们来下手……"

他说着，露出无畏的笑容。

"好的，反正渴望对决的似乎只有我，我接受一定的条件。始终堂堂正正，比哪组凝聚力高、获得的分数高。不过先说好了，没有设置惩罚的必要吧？就单纯是一场赌上尊严的比赛。"

堀北哥哥既没有肯定也没有否定。

恐怕连赌上尊严的打算都没有。

4

漫长的前戏落幕，我们小组被南云叫住了。

"学长他们走了，但是你们留一下，你们好像还没有定下负责人。"

启诚有些慌乱地应对南云的质疑。

"嗯，学长是怎么知道的？"

"说要猜拳的时候，你们的举动明显有些奇怪。如果在分组的阶段负责人就已经定下来了，那个人应该会立刻出列，但是只有你们和另一个小组的反应迟了些。另外，没有决定负责人的小组应该是混合三个班或者四个班学生的小组吧。"

并没有把一年级学生都认全的南云，通过推理说对了小组的划分。

这个推理并没有那么难，却也不是谁都能做得到的。因为启诚只晚出列了那么一点点，我当时推了启诚的背，立刻让他参加了。我想的是小组内再讨论一下的话，没有负责人的事情就会暴露，而我们没有必要自己将这种会成为弱点的要素展现出来。没想到还是被发现了。

"因为好像之后再决定负责人也没有关系。"

"嗯，但一年级的负责人是谁我们心里也想有个把握，而且希望负责人能早点意识到自己的任务，越到后面，这份意识就来得越晚，不安也就随之而生。"

虽然不确定南云这话有多少说到了点子上，他无疑是想让我们当场把负责人定下来。

"……怎么定？"

启诚向除了我之外，关系并没有那么好的小组成员开口询问，他自己也不想做这种推进流程的事情吧。

"不管你们怎么定，现在就定下来。"

面对学生会会长直截了当的指示，平常一副老大做派的石崎和阿尔伯特也没有反抗的余地。

"没有人主动想当吧，那猜拳不就得了？"

石崎随便说了一个方法，握拳把手伸了出来，我也顺势伸出了手。

九个人，九个拳头围成了圈。

"喂，高圆寺！"

启诚呼唤稍远处正凝望着窗外的高圆寺。

但高圆寺没有任何反应，看都不看我们一眼。

"那个黄头发的，快点！"

二年级的人群中传出带点怒气的呼喊。

这下高圆寺终于意识到有人在叫自己，回过头来。

"哈哈哈，我的头发是不是美丽动人？"

"什么？"

和这边正在进行的猜拳无关，他只对有人提到自己的头发做出了反应。

"高圆寺，你认真点！"

"认真是什么？参加猜拳就认真了？"

"一年级……高圆寺，是叫这个名字吧？你是瞧不起我们这些学长吗？"

高圆寺果然又被人盯上了，这种事情从一开始就注定了。

"瞧不起？不，我没有瞧不起任何人，我对你们从来都没有任何兴趣，放心吧。"

他想说自己从来没有瞧不起别人，但这句话恰好起到了完全相反的效果。

"我不参加猜拳，对负责人什么的也没有兴趣。"

"我和其他人都没有兴趣，但是只能通过这种方法来决定负责人了吧。"

启诚虽有些惊讶，但还是得劝他过来，可高圆寺完全没有要参加的意思。

"你这话就说得有些奇怪了，boy①，没有兴趣那为什么要参加？"

"因为规则是这样的。"

"规则是小组内必须有一个人当负责人，那除我以外，谁当都可以。"

"喂，你别太过分了，怎么能那么随便！"

和龙园一起找过高圆寺茬的石崎忍不住了。

"哈哈哈，那你们随便把我推成负责人不就行了？"

高圆寺边把刘海撩起来，边说道。

没想到高圆寺会这么说，石崎僵住了。

———————————

① 话中夹杂着英文是此人的说话方式。

"那就让你当。"

"把负责人推给我是你们的自由，我也不希望这件事情没完没了的，选不出负责人，小组会受惩罚对吧？害怕惩罚的话，那就这么做吧。"

但是高圆寺接下来的话让所有人都惊掉了下巴。

"我决定要做的事情就会做，但是决定不做的事情是绝对不会做的。不管谁来和我说，我的想法也不会发生改变，我自然也不会履行负责人的义务，连考核都说不定会缺席，就算最后会低于平均分，或者得让人承担连带责任。"

"……你……你这么做的话，你自己也得退学！"

"哈哈哈，是啊。"

看他的态度，就像完全不害怕退学。

"但就算我所有的考核都得了零分，只要你们奋战的话，平均成绩就不会低于分数线，有什么害怕的。"

高圆寺将头发撩起。可谁也没有办法保证不会低于分数线，他的话没有一点根据。高圆寺自顾自地以为这场考核没有那么难，或者这只是因为他不想参加而信口开河，这将高圆寺的特立独行展露无遗。

"什么人啊，这家伙神经病吧！"

石崎后退一步，嘟囔道，我同意他说的。

但我找到了高圆寺话中的一个矛盾点，这是在场的石崎等人绝对意识不到的，因为高圆寺的那种态度不是装出来的。

如果这个矛盾点是高圆寺故意制造出来的……

要想搞清楚这一点，就必须得冒着风险等到考核当日。

"反正谅你也不敢拿零分，就让你当。"

他大概是想把麻烦而且有风险的负责人之位强行推给高圆寺。当然，这就意味着其他班的人失去了点数翻倍的机会，还有承担连带责任的可能性，所以有些复杂……可要是高圆寺真拿了零分，到时候可就惨了。

"别这么说，石崎，这样做的话可能会让你承担连带责任的。"

桥本制止了石崎，这算是帮了高圆寺一把。

"可是……混蛋，这样就能不当负责人的话，我也绝对不干。"

"呃，嗯。"

桥本一脸惊讶，像是接受了一样点了点头。

谁都不觉得我们这个小组能拿第一名，所以谁都不愿意当负责人。

我们小组可能陷入了超出想象的困难境地，若是高圆寺直到最后都是这副样子，我们会失去大量的分数，连"最低分"都拿不到，这也大大出乎了二、三年级的预料。

这时，一个人物出场了，直面态度反常的高圆寺。

"我也听过你的传言，高圆寺。"

出乎意料的人物……感觉不会和高圆寺有什么交集的南云，就像发现了有意思的东西一样，走近他。两人平时没有接触过。

"我也知道你，新任学生会会长对吧？"

面对学生会会长也没有畏缩，高圆寺还是他平常的样子。

"你想怎么做是你的自由，但你真的不在乎退学吗？"

南云质问毫不示弱的高圆寺。

然后接着说道：

"这所学校有着复杂棘手的制度，而不愿意被规则束缚的你采取这样的态度走到了现在，目的就是为了从学校毕业。可现在呢，满不在乎地背负起负责人的风险，而且还要缺席考试？你在撒谎，你只是不想为了升到 A 班而努力，并不打算退学。"

"哈哈哈，真有意思，你怎么能断定我是在说谎呢？"

南云恐怕说对了。刚入学没多久，班里就有人问过他想不想以 A 班为目标，他那时就回答过，没兴趣，只要能毕业就行。

不想退学，但没有必要升到 A 班，这和我在这所学校里所谋求的东西极为相似，因此，面对考核稍微偷点懒也没有关系，所以才态度强硬。

"因为就写在你脸上。"

南云戏弄道，而高圆寺高兴地笑了出来。

"精彩！精彩！"

高圆寺拍了拍手，面对南云的质问诚实地回答道：

"因为我不想当负责人就撒了个谎，我更改一下，我虽然没有升到 A 班的打算，但也不想退学，我现在这种悠悠闲闲的状态是最好的。"

高圆寺坦白了。

以为大家都会相信他这个说法，但南云没有。

"对 A 班没兴趣？也是假的吧？"

"哎呀哎呀，我已经被当成一个 liar① 了吗？"

"如果不是在说谎，那就有事情说不太通了。你现在手里不是掌握着升入 A 班的好方法吗？"

南云的话一时间让人难以置信，而且不光是石崎和我等一年级学生，连二、三年级学生的脸上也写满了惊愕。

"哦？你这话可真有意思，能否把你会这么想的原因告诉我呢？"

"在这儿说可以吗？要是我在这儿说了的话，你那个'好方法'就不能用了，不对，是让它用不成了哦。"

"哈哈哈，没关系，我就想知道你是不是真的知道了我的想法。"

---

① 话中夹杂着英文是此人的说话方式。

　　对于南云的紧追不舍，高圆寺不仅不畏惧，反而有些欣喜。

　　"使用两千万点数升到 A 班，恐怕谁都想过这个方法，并打算实现它，可存够如此巨额的点数并不简单，但也绝非不可能。你在入学没多久的时候就开始调查三年级学生毕业时剩余的点数会做何处置了。"

　　"接着说。"

　　"毕业的时候，个人点数会'现金化'，在校外也能够使用，价值自然不及点数时高，但这无疑是一项特别的制度。你是打算出比其现金化后更多的钱买下个人点数吧？"

　　听到南云的说明，周围的人难掩震惊之色。

　　而高圆寺则满意地点了点头，开口表示确实如此。

　　"没错，我刚入学就知道了这个制度，找到了制胜的绝对方法。不管在学期间成绩有多差，只要最后用合法手段买下点数，就可以毫不费力地以 A 班身份毕业。没想到这么容易就能找出制胜方法，学校生活一下子变无聊了。"

　　有钱人专属的魔法。

　　从放弃晋升 A 班的学生，或者是已经确定胜利的学生、快要毕业的学生那里高价买个人点数，只要能保证出得起这个钱，许多学生很可能同意转让。

　　但通常来说这个方法也是很难运用的。

假设花和现金同等价值的钱买下点数，那就需要两千万日元，这个钱可不是高中生能拿得出来的，就算许诺了，一时间也无法令人相信。

"还好在入学前公司的主页上就有我作为下任社长的照片，几千万不过小意思，很容易让人相信。"

"啊，二年级里面就有几个人打算把点数卖给你，三年级里面也有许多人。你好像让他们不要说出去，不过二年级学生里不少人对我是完全信赖的，有人来问我能不能相信你。当然了，我觉得这不失为一个好方法，就赞同了，虽然有一定的风险，但毕竟你是真的有钱。不过，这个方法今后也用不成了。"

南云看了看二年级学生，又将视线转向三年级。

"就算他真的有钱，正如大家所看到的，高圆寺并不值得信任，可以一本正经地撒谎，最好还是不要把个人点数卖给他。"

然后又追加了一句。

"为了以防万一，我会上报给学校，在毕业前买卖个人点数这种事情本就不该被允许。"

"没关系，我不过是为升到 A 班做过一些准备，也还没有最终决定要实行这个方案。"

这不过是高圆寺考虑过的方案之一。

可这件事真是荒唐，谁还能在现实生活中准备两千万日元这么多的钱？这是除了高圆寺以外谁也采用不了的独一无二的战略。

"……真是个奇怪的家伙，不过这个方法确实出人意料，厉害。"

桥本低声嘟囔道，其中既带着些许钦佩，又带着些许惊诧。

"但是居然就这么轻易放弃了这个方法，高圆寺到底打算干什么？"

数道视线向和高圆寺一个班的我和启诚投了过来，不过这种事情我不可能知道，不对，正确来说，我想到了一点。

那就是高圆寺没有要以 A 班身份毕业的理由。对于只求"从学校毕业"的高圆寺来说，和队友通力合作是没有意义的事情。

即使找出了攻略方案，也没有必要费劲去实行。

所以这个攻略方案就算被人知道了也没有关系，或者说他在寻找其他方案的过程中找到了新的乐趣。同时，南云对高圆寺想法的洞察和所掌握的信息非比寻常。

"还是第一次见到高圆寺被人治住。"

启诚低语，我正想同意。

可是……

"学生会会长，这下我就完全没有参加猜拳的理由了，既然一切都被爆出来了，我先说一下，我不打算当这个负责人。"

"……原来这才是他的目的。"

他可能确实寻找过升到 A 班的方法，但他只要能毕业就行的想法没有变。

甚至是自己主动把这个方法唯一的缺陷暴露出来，放弃了。

这下，强行让高圆寺担任负责人的方法也用不了了。

高圆寺是个超级有钱人，即使退学了，前途也不会昏暗，这种人又怎么会害怕退学呢。

倒也可以采用强硬手段把高圆寺推到负责人位子上，但这个组里没有人有这个勇气，因为谁也不想到时候被高圆寺扣上连带责任。

"算了，要不然我来当吧……"

启诚放弃挣扎，举起了手。

看到这一幕，小组里其他班级的学生也稍微有了点反应，但毕竟这个组里有高圆寺、石崎、阿尔伯特这种难相处的人，能赢过其他组的可能性又低，所以到最后也没有人和启诚竞争。

"就这么定了。"

南云做了最后的决定，命令大家解散。

之后我们按照学校的指示离开了体育馆。

5

"这……比预想的要旧得多啊。"

　　我们以小组为单位，被带到了睡觉的房间，里面安置了木质上下床铺，应该是按人数来的。石崎立刻走到了房间靠里的上下床那里，爬梯子登上了上铺。

　　"我就这儿了。"

　　"凭什么，就你特殊啊。"

　　弥彦对石崎抢先的行动颇有微词。

　　"先到者先得。"

　　石崎嗤笑一声，俯视着弥彦，不屑一顾地打算躺下。

　　"床铺位置要经过讨论来决定。"

　　成了负责人的启诚也警告石崎，不认同他任性的行动。石崎本并不打算听，但有一瞬间和站在启诚身边的我四目相对了。虽然他想极力避免这一情况发生而尽量无视我了，但身处同一个小组，这是难以完全避免的。

　　"……"

　　石崎一瞬间有些慌乱或者胆怯，匆忙从床上下来。

　　"你说要讨论……具体要怎么决定床铺位置啊？"

　　看到石崎突然改变想法，启诚觉得有些不可思议。

　　石崎可能把来自启诚的警告理解成了我的，如果真是这样，那他就是被害妄想症了。因为我也觉得占床铺这种事，先到者先得也没什么奇怪的，当然，如果经过讨论可以顺利决定的话最好。

　　"哈哈哈，你不要那里的话，我就不客气了。"

　　说完，高圆寺跳上了刚刚石崎占有的床位。

"喂，你干吗呢！"

石崎清醒过来，对着在上铺优哉游哉的高圆寺怒吼。

可惜对方是不按常理出牌的高圆寺，完全没有在听，短短数秒内就已经把这里当自己家了。

"混蛋，这还怎么讨论！"

以高圆寺为开端，一部分学生也前去占领铺位，石崎放弃了和高圆寺争地方，又找了个别的上铺。而且大家都不约而同地优先选择上铺，只有大体格的阿尔伯特，看样子是因为爬上铺比较麻烦，一声不吭地占领了石崎的下铺，坐了下来。

已经不能讨论决定了。

"那里，看来只能我去了啊。"

启诚认领了谁都不想睡的高圆寺下铺。周围的人可能很难意识到，有一个人能做大家都不想做的事情有多难能可贵。而我最终也认领了一个下铺，上铺是 A 班的桥本。

"请多多关照，呃……"

从上铺伸出了一只手，他想和我打个招呼，但可能不知道我的名字。

"我叫绫小路，多多关照。"

"桥本。"

轻轻握手，就好像约定今后要搞好关系一样。

今天剩下的时间可以自由活动，所以大家没有集体行动，开始各做各的事情。如果像平田那样有领导能力的人在场，也许就能做点什么推动大家关系变亲密……

我的心情有些复杂，一方面为没有和其他班的学生搞好关系的机会而感到遗憾，另一方面也为省了交际的麻烦而感到轻松自在。

"呐，我有个简单的问题，阿尔伯特会说日语吗？能不能听懂日语啊？"

上铺的桥本向石崎和阿尔伯特抛出了这么一个问题。

"当然咯，对吧，阿尔伯特？"

石崎回答了桥本的问题，探出身子看向下铺的阿尔伯特。

但阿尔伯特什么也不说，一直看着正前方。

"……难道听不懂？"

"你们不是一个班的吗？"

桥本取笑石崎。石崎有些不开心地说道：

"没办法，谁叫平时都是龙园大哥来指示他行动的。"

"龙园大哥？"

石崎无意中加了个"大哥"，而这和现在的情况有些矛盾。

"他和你们打架输了，被撤了领导人职位的事情是真是假啊？"

"闭嘴，当然是真的了，刚刚我只是……不小心说顺嘴了。"

不要说加强小组的凝聚力了，竟然这么快就开始互相试探。龙园退出一线的事情，看来谁都还抱着怀疑的态度。

我无视早早开始的纷争，决定在这幢建筑里四周闲逛看看。

6

第一天的用餐时间，也就是早晨下了大巴以后第一次能和女生接触的时间到来了。

宽敞的食堂容量很大，登上台阶甚至可以俯视这一层楼。之前的资料上好像写着这里可以同时容纳五百人，现在正是如此，来来往往有相当多的学生。

"没有手机，这下找谁都不方便。"

恐怕现在堀北和惠正在找我，但我没有采取任何行动。现在这种场合，就算两个人看到了我，反应也会截然不同吧。堀北会毫不顾忌地来和我说话，而惠则会持观望态度，因为她知道如果我没有主动找她，也就意味着现在没有和我接触的必要。

虽然不会有很多人盯着我，但坂柳和南云这样的人在严密监视我的可能性很高，特别是在极有可能和多人接触的第一天。虽然那天有平田他们在场，但南云已经知道我和惠有联系了。

还是得避免不必要的接触。

就让我一个人先观察观察吧。

不过，在那之前要先填饱肚子，一个小时的用餐时间可是十分宝贵的。

我拿着盛了食物的托盘，打算一个人找个地方坐下。

平常在学校里会根据年级不同而分区用餐，但这次因为分了组，所有年级的学生都混合在了一起。小组行动的学生很多，为收集信息而单独行动的学生也不在少数。

这唯一能和女生接触的场合非常重要。

这同时也是情侣们可以恩爱的有限时间。

"啊……"

听到了一个从附近传来的声音，透露出疲惫的同时还有些可爱疼人。

是担任一年 B 班领导人的一之濑帆波。

在她的周围聚集着许多男男女女。

就坐在她附近的空位上，听听她们在说什么吧。

我有自信在这种时候我相对不容易被周围的人发现。

"……得意于自己的存在感之低也是挺可悲的。"

总之，我坐在附近以后一之濑她们没有做出任何反应。

唉，这个食堂里有将近五百人，也没有人会在意自己周边是谁吧。

"辛苦了帆波，不顺利吗？"

"哎呀，说实话挺不容易的，本以为分组会更加顺畅来着，该起争执的时候还是会起啊。"

"也没办法，毕竟其他班的学生都是敌人。"

"不过刚刚听神崎同学说，男生那边好像早早就结束了。"

"欸……真的吗？我们可是弄到了下午呢。"

男生那边也不能说是很顺利地就定下来的，但女生这边好像拖了更久。老师也是预料到了这一情况的发生才没有在第一天的下午排课吧。

"话说，难道这次考核会有人退学？"

"也不能说绝对没事，我们一年级到现在还没有出现退学者，绝不能掉以轻心。"

听起来她抱着十足的危机感来面对这次考核。

"要是被强拉着一起退学了怎么办啊……"

"没关系的，麻子，只要认认真真地对待考核就不会发生那样的事。"

"真的吗？"

"而且，要是真到了那个时候，大家协力帮忙就好了。"

一之濑如此安慰心情低沉的麻子。

在成员中，一之濑看起来最疲惫，但她还是振作精神来安稳军心。

"好累啊。"

一之濑累得上半身都趴倒在了桌子上。

正是她的这个动作，不幸使得她发现了坐在附近的我。

"绫小路同学，你好呀！"

"一之濑，是你啊，我都没注意到。"如果我这么回答她，反而显得不自然。

以现在我和她之间的距离，完全可以听到她们刚刚讨论的声音，还是老实说比较好。

"你们聊得挺热烈的嘛。"

"聊天可能时不时是女生的能量源泉。"

她说着我听不太懂的话，又再一次倒在了桌子上。

平时见不到她疲惫的模样，所以这一幕有些意外。

"啊，我这么趴着是不是不太好？"

她尽力想把上半身支撑起来。

"累的时候这么做很正常。"

我拦住了她。

"对不起，让你有点不舒服了。"

我完全没有不舒服，不过没能说出口，只在心里说了一遍。

"组了一个会相当麻烦的小组？"

"应该说麻烦的是组成小组的过程，女生都是爱憎分明的，喜欢谁不喜欢谁都会当面说出来。在这一点上，男生就不一样了，不少人都倾向于将这种个人感情隐藏起来。"

"男生倒是明显对龙园表示出了不满。"

"这确实也是没办法的事情，龙园同学也很难受吧？被所有人那样看待，他应该也不好受。"

一之濑这个想法没错，但并不适用于龙园，他身上背负的担子被卸下来了，这会儿可是优哉游哉，好不自在。

"你别太累了。"

已经没有必要再久留了，我站了起来。

"没关系没关系，我也就只有不怕累这一个长处，再见，绫小路同学。"

一之濑轻轻摆手目送我离开。这次的规则规定每天有一个小时可以和女生接触，虽然男生女生无法直接插手对方事务，但明显可以用这个时间来互通信息。

恐怕会有人瞄准时机在这里收集信息，下指令作战吧。

这对擅长交际，同时深受同学信赖的学生十分有利。

"一点也不适合我啊。"

和在无人岛时一样，这种基本的事情我做不来。

被考验的人性

早上六点，房间里回响起了轻快的背景音乐声。这是从房间里配备的扩音器中传出来的，不用想，这一定是起床的信号。

室内还很昏暗，连初升的太阳光都还没有透过轻薄的窗帘照射进来。

"什么啊……吵死了！"

石崎的牢骚是清晨的第一句人声。有学生即使音乐在耳边回荡也难以睁眼起床，但也有人稀稀落落地起身，戴上眼镜，慢慢行动了起来。

"接下来的几天都要在这个点儿起床啊。"

我听到了桥本在上铺的叹息声。

"总之大家还是早点起来的好，有可能少一个人都要扣分。"

启诚边穿运动服，边叫大家起床。既然在一个房间里生活，就免不了要承担这种责任。

"咦，高圆寺不在。"

"诸位早上好啊，是正要出门找我吗？"

高圆寺额头上带着一层薄汗，面带爽朗的笑容，闪亮登场，看来他比我们都要起得早。

"看样子你应该不是去厕所刚回来吧？"

"哈哈，今天早晨醒来感觉不错，就出去健了健身。"

"健什么身啊，还不知道从今天开始有什么难题在等着我们呢，我可不赞成你就这么白白浪费体力。"

即使启诚提醒他，这个男生也不会听，不仅如此，他还笑着反驳道：

"即使刚健完身，我也保持着超凡的体力，不必担心。况且如果你不赞成体力消耗，不应该在昨天就传达给小组成员吗？"

"那是因为……我根本没想到你会去健身。"

"不对不对，只有你不能拿这个当借口，记得之前船上考核的时候，你和我是一个房间来着，我无时无刻不在健身的形象，不应该还残留在你的记忆里吗？"

高圆寺吐槽启诚连这个都记不住，实在太不应该。

"你不要太得意忘形了，我告诉你高圆寺。"

石崎站到了高圆寺面前，不过应该不是为了维护启诚。从确认小组负责人到现在，高圆寺一直都以自我为中心，这让石崎有些不爽。

小组里有人看不惯他也是自然，他估计已经被当成了一个扰乱小组秩序的不良分子。

没有时间了，第一天可千万不能迟到。

如果是平田，他会如此判断，顺利引导小组成员抓紧时间赶到集合地点。

但在我们这样一个没有实实在在负责人的小组，事情实在难以顺利推进。

"够了，你就在这儿保证，你以后会配合我们吧。"

"保证配合你们是什么意思？而且你对这个临时凑成的小组这么忠心吗？怎么也看不出来呢。"

"你以为我想啊。"

石崎环视四周，他之所以妥协，其原因在我吧，果然他的视线停留在了我这边。

"你对我 A 班身份不满意还是怎么的？"

桥本刚好下床，站到了我旁边，以为石崎是在看他。

"啧，不光 A 班，是所有班。"

他这么总结了一下，然后再度将视线转向高圆寺。

"你和 red hair 同学相似，都像混迹街头的不良少年呢，虽然看着挺好玩，实际接触起来就有些烦了，与其在这儿和我争执，不应该早点赶去集合地点吗？在你的无能显露出来之前。"

唯一认清当务之急的是高圆寺，但他的话是在火上浇油，如此带有挑衅意味的话，让石崎火冒三丈。

"你这个混蛋！"

石崎怒吼。受高圆寺提醒，启诚看了看表，立刻慌乱起来。

"离集合只有不到五分钟了，你们要吵也等以后再吵。"

"有什么关系，迟到了也是这个家伙的错！"

石崎的怒火已经不是一点水就能扑灭的了，不仅如此，火势还有愈加猛烈的趋势。

启诚能在一定程度上掌握情况，并表达自己的意见，但他无法体察对方内心和安抚人心。

"真是单细胞生物，就是因为这样你们才落到了D班。"

这次投下燃料的是弥彦。

另一方面，B班的学生则默不作声，极力想当个小透明，静静等待事情收场。

"真是可悲啊，这样的小组还能维持下去吗？"

站在我身旁的桥本，感叹目前的状况。

"哎，没办法了。"

桥本刚刚还在犹豫要不要继续当旁观者，但看眼前这情况，他举起拳头捶向床铺的木质部分。

除了高圆寺，其他人都看了过来。

"你们冷静点，虽然不能说打架就是不对的，但现在场所和时机都不对吧。如果损坏了这些正在使用中的物品，免不了要承担责任，而且要是脸肿了被问起来，也不好作答，对不对？"

桥本把应该说的东西告诉大家，全场鸦雀无声，连大声吵嚷着要破罐子破摔的石崎都认识到了这不是现在该做的事情。

"那边戴眼镜的同学，你叫什么名字来着？"

"幸村。"

"没错，就像幸村同学说的，没有时间了，你就把你的火气放到肚子里，现在先去集合不行吗？等吃完早饭，要是你还没有消气，再决定要不要打架解决就好了，这才是一个小组的人该做的不是吗？"

"……你就庆幸吧，高圆寺，你还能再多活一会儿。"

"这样真是太好了，我可是和平主义者。"

真不愧是 A 班的学生，不知道桥本在班级里所处的地位，但可以看出他能够很好地协调局面。

虽然导火索没有被扑灭，可好歹没有爆炸，我们抱着这颗正噼里啪啦火花四溅的炸弹出了门。

大组的各年级学生都聚集在了一个教室里。

大约四十人，可以说组成了一个班级。

一年级全员向二、三年级学长轻声问好。

没过多久，老师来到了教室。

"我是三年级 B 班的班主任小野寺，请在点名后，到外面指定地点完成清扫任务，然后打扫校舍，这是以后每天早晨必做的事情。下雨的时候，会免除外面的清扫任务，但校舍的清扫时间会加倍，所以清扫的总时间不会变短。除此之外，今后的课程不光是学校的老师，还会有负责各种各样课题的专家来这里给你们上课，你们要注意向老师认真问好，礼貌相待。"

听完这简短的说明，我们小组转战清扫区域。

1

整齐铺设的榻榻米上传来沁人心脾的灯芯草香味。

让人莫名生出乡愁的空间在眼前展开。

老师带我们去的地方，像一个宽阔的道场。

看样子我们要同时和一部分其他组的成员在这里完成课题任务。

"从今天开始，早晨和傍晚要在这里坐禅。"

"坐禅，鄙人此生还是首次。"

这是对面的博士不由自主冒出来的一句话，但负责这个课题的男老师在听到后走近博士。

"您有何贵干？"

惊讶于老师无言的威压，博士抬头询问。

"你这个腔调是与生俱来的吗？还是和老家方言有关？"

"并非此类原因……"

"你也不是古代的人对吧？"

"嗯？这是自然……"

"这样啊，虽然不知道你为什么要这么说话，但在这里是要扣分的，你趁此机会改掉你这个傻了吧唧的腔调，当个正常人吧。"

"这……这是为何？"

"和第一次见面的人用你这种腔调说话，对方会怎么想？要我给你换个角度再解释一下吗？"

不知道博士为什么要用奇怪的腔调说话，但我明白他本意是想突显个性。在社会上……至少在稍微严肃点的场合，这种腔调绝对不会被允许。

这并非规则或者义务，而是有关"道德""礼仪"。

当然也可以主张这是自己的个性，拒绝做出改变，但成功了的人怕是凤毛麟角。

"你们听好了，为了让别人知道自己、认可自己，为了展现出自己的特别，而采取任性的态度和言语的人并不少，不仅有年轻人，有时还会有老人。"

老师以一种严肃的口吻劝告所有人。

"我想告诉你们的不是在社会中不可以突出自己的个性，表达自己的个性是你们的自由，但进入社会后绝不能忘记体谅他人。我们在这里开设的课程会给你们的思想精神带来影响，坐禅就是其中之一。不说不动，九九归一，融入集体，关怀他人，最后就是要思考。思考自己是怎样的人、能做怎样的事。"

明白了吗？老师特意用眼神向博士强调了一下，然后走开了。

"可……可怕……得注意了。"

他的这种说话腔调可能立马改不过来，但博士今后会通过不断的坐禅来反省自身吧，思考一下自己的说话腔调是怎么变成现在这个样子的。

各组成员被命令坐下，在这个房间里听取简单的说明。

在这个名叫坐禅堂的地方，不管是走还是站立，都要左手或右手握拳，拿另一只手掌包住，放在与心窝同等高度处。这种姿势叫作拱手，根据流派不同，哪只手抱哪只拳也不同，但在这里应该不受流派限制。

接下来的说明是关于坐禅。

坐禅不过是冥想的一种。

坐禅的时候并非将脑袋放空，而是要想象。

作为促进想象的方法，有一个名叫十牛图的东西。

用十张牛的图画表现出了领悟禅道的道路。

我也是第一次接触坐禅。

"盘腿坐下后将双脚放置在两边的大腿上，考核时这个莲花坐做得标准与否也会影响到成绩，所以请尽量做标准。"

"痛……真的假的，我只能放上去一边的脚……"

"一开始做不出来的人，可以考虑只放一边脚的半莲花坐。"

老师把这个坐法也给我们示范了一遍，我两脚顺利地搭在了腿上，于是选择了莲花坐。向四周看去，没想到在我的视线范围内有许多学生都做不出来。

无意中看向高圆寺……他轻松地做出来了，脸上带着浅浅的笑容，已经一个人进入了禅的状态。他的姿势没有可指摘的错误，老师也就没管他一个人先开始的事情。

"那个家伙只要做，还是做得出来的。"

旁边同样能打出莲花坐的时任，小声对我说。

"看样子他不讨厌这类事情，可以暂时放心了。"

"没错。"

虽然老师态度强硬，但高圆寺天不怕地不怕，拒绝坐禅也不奇怪。

在学生大概都理解了该怎么做以后，坐禅就开始了。

因为说明所费时间较长，第一次的坐禅时间就设定为较短的五分钟。

2

结束早晨的清扫和坐禅任务，到了七点钟的早饭时间。

并非在昨天吃晚饭的大食堂，我们被带到了外面。这里有宽阔的用餐区域，还有几个做饭区。

"今天的早餐由学校提供，但从明天开始，天晴的时候，早餐全部由组内学生制作，做饭人数和分工经全体讨论后自行决定。"

"真的假的？我又没有做过饭。"

虽然石崎有怨言，但既然规则是这样的，就避不开。

大家在听关于明天及以后做饭方法的说明的同时，

早餐也做好了。

早餐菜单已经定好了，也分发了写有做法的资料，应该不用担心发生不知道做什么的情况。

"啊，就这点啊……"

基本就是简单的日式早餐，三菜一汤。

但对于食欲旺盛的学生来说，可能会觉得不够。

米饭虽然能添，但好像得自己准备。

"有无人岛考核的经历真是太好了，相比之下我还是更喜欢这种。"

启诚就像松了口气一样，开始吃饭。

"公平分配，一个年级做一次，轮换着来，怎么样？"

吃饭的时候，一个像三年级小组负责人的男生向南云提议轮流负责做早餐。

"嗯，我没意见，那就从一年级开始轮。"

"一年级的怎么样？有其他意见吗？"

看现在的情况，没人敢说有意见。假设剩下的日子全部是晴天，共需要做六次早饭，所以也没必要因为做饭顺序不同而不满。虽然"这是我们晚辈该做的"这种话说不出来，默默接受安排应该也没关系吧。

"明白了，这样可以。"

作为负责人的启诚，接受了这一提议。

"要做早饭的话，明天得几点起啊？"

"……想留出充足时间的话，就要提前两个小时起来。"

石崎表示做不到，否认了启诚的提案，提前两个小时也就意味着四点就要起床去外面做准备。

"也只能这么做了，要是早饭准备不出来，那就完了。"

"那你自己做，我要睡觉。"

平常跟在龙园后面，没有发言权的石崎，在这个组里倒成了老大，他在班里的地位刚刚发生变化就这么说话，实在是有点意思。原因之一可能是他作为"打败"龙园的功臣之一，正被别人奉承。

或许是因为我知道内情，我不想摆出强硬态度来责备石崎，再加上他偶然和我到了同一个组，精神世界可能完全发生了混乱，说话的时候不光会伤害到别人还会伤害到自己。石崎和阿尔伯特并不适合做班级领导人或者参谋，他在第三梯队附近，更适合将学生团结起来，实际上龙园也将他放在了那个位置。

另一方面，启诚和弥彦也与石崎类似，虽然没有他那么莽撞冒失，但果然还是不适合带领别人。本以为B班的人会更加积极主动地参与组内事务，但至今为止异常安静，持续旁观。可能除了神崎、柴田等一部分学生，B班其他人的积极性并没有想象中的高。

这样一来，这群人中最适合带领小组前进的果然还是桥本。他较高的A班地位、摸清状况的能力，以及能够在一定程度上设身处地思考过后表达意见的能力，可以称得上是小组发展的关键。不过，我没有感觉出他有想主动带领小组前进的意思。

3

吃完朴素，不对，是健康的早餐后，正式开始上课。大组全体成员聚集在了比高度育成高中的教室要稍微大一点的教室里。里面的格局应该和大学教室相似，没有特定的座位顺序，谁和谁坐在一起，或者坐在哪个地方都可以。几乎是必然的，同年级的小组会坐在一起。

一个人坐在教室的角落倒也可以，但是那样既会受到其他年级的注目，说不定还会挨顿骂。现在二、三年级的小组还没有来，我们一年级有了座位的选择权。

"这个时候……果然还是坐在前面比较好吧？"

"不，先别坐了，还是再等等比较好，应该等学长们坐下后我们再选空位子坐不是吗？"

现在随便坐在后面，之后又被骂了就不好了，启诚想避开这个风险。

"高圆寺你可别任性，别一个人随便找个地方坐了。"

"座位是自由的，我觉得应该想坐哪儿就坐哪儿。"

他虽然这么说，但并没有擅自坐下，看来他并不会随意地破坏所有规则。平常也多是老老实实地听课，高圆寺对这类事情应该心里有数。

"一年级的好像不知道该坐哪儿啊。"

看到我们没有坐下，二年级学生中有一人对我们说道。

"要我帮你们吗？"

"不用了，没事的……"

在高年级学生以帮助为名的施压下，启诚轻轻地俯首鞠躬。

"呼……我为什么要当负责人呢？"

二、三年级的一个又一个问题，变成了全由负责人来回答。

他好像因此承受了过度的压力。

再这样放任不管的话……爆发可能也只是时间问题。

4

正午过后体育课（不知道这么说对不对）基础体能训练就开始了。根据老师的说明，主要内容是长跑，听说最后一天将进行长跑接力，这应该是考核项目之一。前几天先在操场上练习，之后上正式路线。

"呼，呼。"

启诚大口喘气。

从早晨开始就有许多费体力的项目，他在和它们苦战。

如果是关于学习方面的事情他还能提个建议帮个忙

什么的，但这种比拼基础体能的项目他自顾不暇。

另一面，石崎和阿尔伯特作为不吸烟的小混混，比一般的学生要有体力，正顺利完成着课题任务。

"……从早晨开始光顾着分析了。"

我觉得有些疲惫。

暂且不提我要不要积极参与这次的考核，我之所以现在会试图把握每一个人的情况应该是因为我心里有这种想法吧，为了不让小组落后而帮一把。

要是得了最后一名、低于学校设定的分数线的话，启诚就要接受退学处分，我被选为连带负责人的可能性虽然极低，但也不是绝对没有。我可能因为明明看到启诚他很辛苦，却没有出手相助而遭他怨恨。

是为了止于不至于遭怨恨的最低限度援助，还是为了小组能走上正轨而采取一定程度的行动呢？

或者在心中盼望大家能自发解决问题，保持观望的态度呢？

我在脑子里早早除去了观望这个选项。

高圆寺恐怕今后会成为一颗定时炸弹，我还是早点行动吧。

我放慢速度，等了等优哉游哉跑在后面的高圆寺。

就算我向他靠近，高圆寺也完全不看我一眼。

不叫他的话，他绝对不会从自己的世界里走出半步。

"高圆寺，和大家相处的时候你要不要更柔和点？"

"你是指和组员吗？绫小路 boy。"

"嗯，其他人脑子都混乱了，并不是所有人都像你那么厉害。"

"哈哈哈，我确实是独一无二的存在。但是，你不觉得因此和一群虾兵蟹将统一步调是件极其愚蠢的事情吗？"

"嗯……我也不知道什么是对的……"

"你想怎么做？"

"只要小组能取得一个差不多的成绩就行了，我不想退学。"

"那你就只能努力对吧？"

"这也是我来找你说话的原因。"

可以听到两个人的脚踏在操场土地上的声音。

高圆寺好像立刻回到了自己的世界中，没有回复我。

果然不行。

对待高圆寺，半吊子的威胁和恳求没有意义。

共同度过这快一年的校园生活，这点我还是明白的。

就算是全体学生，或者老师来劝说他，只要他自己觉得不行，就会将这一态度贯彻到底。

他就是这种人。

5

可能因为是第一天，虽然长跑的练习消耗了很多的体力，但其他课上主要是介绍这所林间学校，和接下来一周要做的事情。我从中明白了接下来的课上要学习的就是掌握"社会能力"。

说起社会能力，可能一年级的学生无法立刻反应过来到底是什么，但看到高年级学生平静的样子就可以明白，一两年所隔的经验差之大。

下午最后一节课的坐禅结束了，但启诚倒在原地，一动不动。

"没关系吧？"

以坐禅收尾的一天。

"我想说没关系，可是，脚麻了……等我一下。"

看来这上课内容对启诚来说，意外有些困难。他的腿两分钟左右一直处于僵直、无法动弹的状态，我一直等到他的腿麻症状消失。其他学生的话，石崎好像也是坐禅进展地不顺利，身子总是向前倾，因而十分苦恼。

"见鬼，吃完饭洗澡，阿尔伯特帮我一把！"

阿尔伯特沉默着走近石崎，抓起他的胳膊就往上拽。

"哎哟！你小点劲儿！放开！"

石崎扑通一声摔倒在地。

"啊！"

看到这一幕，我觉得还挺开心的。

但组里的其他学生觉得石崎他们只会给人添麻烦。

启诚也无视了他们，要往外走，我故意留了下来。

"这两个人真有意思。"

故意吸引启诚的注意。

"清隆，你还是不要招惹他们，他们在玩他们的，不想被盯上的话就别直视他们。"

启诚站到我前面挡住我的视线，对我说道。

"虽然没有须藤那么严重，但石崎也是个一言不合就出手的人，别重蹈龙园的覆辙。"

"可我们是一个小组的，他们应该也会容忍大家有一定程度上的接触吧。"

我拿手指向石崎，他注意到了我们这边，瞪了过来。启诚吓了一跳，但石崎带着阿尔伯特迅速地离开了道场。

"……没想到你胆子这么大，清隆。"

其实是因为我知道石崎他们事情的全部真相，但我想间接告诉启诚，现在太害怕的话可不行，启诚作为负责人，有必要在一定程度上控制其他班的学生。

"启诚，在这所林间学校里，我们可能有必要做一些改变。"

"改变？"

"就是我们有必要和石崎，还有阿尔伯特亲近一些。"

"怎么可能，虽然我们是一个小组的，但本质上是敌人，关系不可能变亲近，这又不是最后一场特别考核。"

启诚断定关系没有改善的可能。

我刚入学的时候也这么想。事实上，这所学校也在强迫学生进行这样的战斗。

但我最近开始认识到，是不是还有其他的方法。

"学生会会长南云好像跨越了班与班的鸿沟，协调好了班级之间的关系。"

"那是因为他有特殊的能力，或者说他是个特殊的存在。我可没有他……不，这是谁都模仿不来的吧？第一，不到毕业谁也不知道南云学长的这个方法能不能用到最后，虽然不知道他心里想的是什么，可就算现在搞好关系了，笑到最后的也只有确定能以 A 班身份毕业的学生，其他班的人只能偷着抹泪。"

说完，启诚向道场外走去。

6

吃完晚饭，我正打算先回房间。

走廊里好像发生了什么事情，几名男女生围在一起。

"抱歉抱歉，你没事吧？"

"嗯……没事。"

我们班的山内满脸歉意，伸出手。摔倒在地的好像是一年 A 班的坂柳有栖，坂柳没有去拉山内的手，想自己站起来。

但她没能成功，只好抓住倒在一旁的手杖，然后倚

着墙慢慢站了起来。不过是摔倒然后站起来，间隔时间并不长，但对处在周围人的注目下的坂柳来说应该是一段漫长的时光吧。山内不太高兴地收回手，留下这么一句话：

"那我就走了？"

"嗯，不必在意。"

坂柳嘴角微微上扬，不再看向山内。

旁边的人看到不是什么大事，放下心来，四下散开。

"哎呀，坂柳虽然可爱，但是走路不太利索呢。"

她们丝毫没有想过坂柳摔倒可能是因为山内的不注意。

"没关系吧？"

不经意间，四目相对，我走上前询问她的状况。

"谢谢你特意来关心我，没有什么大事。"

"我一会儿去说一说他。"

"他也不是故意的，只不过是不小心撞到，然后摔倒了而已。"

坂柳淡淡笑道，可眼中并无笑意。

"我就先告辞了。"

可能是因为所在小组不同，平常一直跟在她身边的神室并不在场。

现在的我完全不知道女生在进行怎样的战斗，也没有兴趣。

但是，正要离开的坂柳又止住脚步，回头看向我。

是感觉到我在看她了吗？

"我记起来有一件事要和绫小路同学说。"

手杖发出响声，她露出淡薄的笑容。

"B 班的凝聚力确实很高，这可以说是来源于 B 班学生一直以来对一之濑的信赖，不过，我倒是觉得过于信赖也不是什么好事。"

"这和我没有关系吧。"

坂柳并没有在意我的话，继续说道：

"以前有传言，说她持有大量的个人点数，她在之前的特别考核里并没有取得什么特别优秀的成绩，却拥有数量多到要接受学校调查的个人点数，说实话我听到的时候很惊讶，一般有可能赚到这么多的点数吗？恐怕她在承担着 B 班金库守门人的任务吧？"

"这应该只有一之濑本人或者她同班同学知道吧，你来问我是什么意思？"

"我想说的是……把个人点数放在她那里真的好吗？她可以在因失误而陷入困境时用这大量的点数来保身，或者救同班同学。如果是这样恐怕谁也没有二话，可以说她是为此而担任了这个金库守门人。"

"很有可能是这样。"

"但是……如果她为自身的快乐而挥霍掉这巨额的点数的话，就构成了诈骗，学校也会出面调查。"

不管怎样，她这话都不该对我，而应该对除一之濑以外的其他 B 班学生说。如果一之濑真的充当了金库守门人，有权利提出意见的也只有把点数存在她那里的学生。

"一之濑不像是那种会为了一己私欲而乱用点数的人。"

"嗯，是的呢，至少现在这一阶段谁都没有怀疑她。"

她可能是想说这样的人以后会出现。

"好戏还在这次考核结束、回到学校以后。"

坂柳心满意足地说完自己想说的话，径直离开了。

7

离熄灯时间的晚上十点还有一个小时，房间里大家都没有说话，静静地做着自己的事情，搞好关系意外是一件难事。

如果突然和其他班的人说上两句话，就像是为破解僵局而做努力，营造出尴尬气氛，使人难以开口。要是能有谁抛个话题出来就好了，但谁都没有这么做。

这时候传来了轻轻的敲门声，有客人来了。

"这时候会有谁来？"

想不出答案的大家，一脸疑惑地朝房门看去。

"可能是老师。"

对此没有什么兴趣的石崎回答道。确实有可能是这样。启诚起身，一边询问来人身份一边向门边走去。

是谁也想不到的人物。

"还没睡吧？"

"南云学生会会长，您有什么事情吗？"

"都是一个大组的，我来看看你们，可以进去吗？"

应该没有一年级学生拥有拒绝他的勇气吧。启诚连声答应，将南云引入房内，但他并非一人前来，身后还跟着副会长桐山，还有其他两名三年级学生，分别是B班的津野田和石仓，南云一进来便环顾四周。

"果然房间布局也和我们的一样。"

南云笑眯眯地对石仓说道。

"好像是一样的。你把我们带到一年级的房间里来，怎么，是想要培养和睦关系吗？"

还没有搞清楚情况的启诚也向南云发问。

"和睦关系？"

"我不是说了吗？作为一个大组的组员来看看情况，这所林间学校里既没有电视也没有电脑，还拿不到手机，没什么像样的娱乐活动，但也不是完全没有玩的。"

南云从运动服的口袋里掏出一个小盒子。

"扑克吗？"

"现在大家都不怎么瞧得起扑克啊，不过，集训的时候就该打打扑克。"

他找了个空地方坐下。

撕开还未开封的扑克盒子外面的塑料薄膜。

"学长们也请坐，不好意思，地方窄，一年级的就坐在床上吧。"

南云开口制止要从床上下来的一年级学生。

"我不玩。"

津野田表示拒绝，立刻背过身去。

"别这么说，一起玩吧，也许能听到点什么别的地方听不到的信息。"

听到南云的挽留，津野田无可奈何地坐下了，紧接着，石仓也弯腰坐下。

"为了让游戏更有意思要不要赌点什么啊，大家有什么好主意吗？"

面对高年级的学长，有些紧张的一年级学生没有立即提出什么好建议，其中绝大部分原因可能在于直面学生会会长，不确定可以把话说到什么程度吧。南云自然知道一年级的人是不敢说的。

"早餐的值日顺序定好了对吧？我们把它作废，打扑克来决定如何？如果连输了，最差的情况就是做早饭做到最后一天，相反，如果没有输，那就一次都不用做。"

"喂，南云，这应该要和全体组员讨论后才能决定吧？"

石仓提出质疑。

"不就是早餐值日嘛，这还做不了主啊。"

不愧是这所学校的学生会会长，可以和高年级学长毫无顾忌地说话。

面对南云，连三年级学长也不好说什么。他们都知晓南云和堀北学之间的对决，怕自己的介入会弄出什么乱子来。

"知道了，那就打扑克决定吧。"

"我们也可以对吧？"

启诚带着一丝顾虑，询问房间里的一年级学生，石崎和桥本微微点头表示同意，我和剩下的学生也跟在二人后面点了头。

只有高圆寺一人除外。

"高圆寺，你反对吗？"

明明可以无视，但南云偏偏要问他一句。这可能和二人白天在体育馆时的对话有关。

"我不赞成也不反对，按多数表决，答案已经出来了吧。"

"这和数量无关，我就是想知道你的态度。"

"那我就回答你吧，学生会会长，我对这样的活动一点兴趣也没有，赞成或反对，我连想也没有想过，这样你满意了？"

感觉又要引发矛盾的发言。

但南云欣然一笑，对高圆寺说了一句出人意料的话。

"高圆寺你要不要加入学生会？学生会就需要你这种有趣的家伙，而且听说你学力和运动天赋也很出众。"

包括三年级在内，这个房间里的所有人都震惊了，只有高圆寺波澜不惊。

"真不凑巧，我对学生会没有兴趣。"

"是嘛，那我先把话放在这里，学生会随时欢迎你的加入，等你有兴趣了随时和我说。"

南云大概也没有想过高圆寺会立刻同意。

"那我们就开始打扑克吧。"

南云的视线从高圆寺身上移开，提议开始游戏。

"打哪种扑克？"

"嗯，就来简单的抽鬼牌吧，最后手里还留着大王的人就输了，每个年级选两个人参赛，一共六局。"

我虽然不是很懂扑克游戏，但抽鬼牌我还是知道的。

"参赛选手可以随意更换，但不能在每局游戏进行中换人。"

说完，南云开始洗牌。

然后三年级再洗一遍，这是为了防止有人做手脚，一年级当然也要洗。启诚一边洗牌一边寻找愿意和他一起的学生，但没人主动参赛，桥本无可奈何举了手，从床上下来。

8

就这样，从一年级到三年级都参与进来的抽鬼牌游戏开始了。

要做早餐的话就必须早起，本来是每个年级值两次，所以只要这次抽鬼牌五胜一败就是合适的买卖，最差四胜两败也行。

"这么一声不吭地玩没意思，边聊天边玩吧。"

南云提出建议。

从启诚手里接过洗好的牌，南云开始进行分发。

"第一局就由我来发牌，从第二局开始由上一局输了的人理牌、洗牌并发牌。"

全员无异议。

自从进入这个房间开始，南云就没有看过我一眼，虽然在寒假的时候有过接触，但他应该没有把我放在眼里。

"不参赛的一年级，你们可以适当做点自己的事情，一直绷着神经也会影响明天的发挥。"

就算他这么说了，我们也还是无法回到他们来之前的自由状态，只有高圆寺毫不客气，躺在床上睡觉……

下铺的我没什么其他事情，决定观赛。

"虽说是游戏，可也不能轻易输给一年级学生哟，学长。"

"我的运气不好，就不要太过期待了。"

"没关系，学长实力还是比较强的，不至于会输。"

这种靠运气的纸牌游戏，南云倒是自信满满。

第一局进展顺利，很快进入高潮阶段。

"我的牌出完了。"

三年级的石仓成功将牌全部出手，然后是副会长桐山，南云是第三个出完牌的人。二年级已经胜利，这给一年级施加了一定压力。

"我也出完了。"

桥本向三年级点头，出示两张一样的扑克，现在还剩下启诚和三年级的津野田。

作为游戏，现场的气氛有些沉重，但大家还是努力冷静地进行下去。

启诚的手里还有两张，津野田还有一张，也就是说大王在启诚手里，如果津野田抽到大王的话，启诚就有机会胜利了。

可是……犹豫过后，津野田抽到的正是他所需要的那张。

"耶，游戏结束。"

"我输了。"

启诚输掉第一局，一年级的第一次早餐值日定了下来。

"别着急，输一两局没有关系。"

桥本鼓励启诚。

启诚虽然点头回应了，但还是对输掉比赛充满歉意。

可能在担心第二局还会输。

"我刚刚说了，由前一局失败了的人理牌和发牌。"

"对……对不起。"

忘记自己任务的启诚匆忙将扑克拢到一起。

第二局很快开始，从我的角度可以看到一个三年级的学生手里的牌，其中就有大王。这张牌一直到游戏中间阶段还留在这个人手中，经过某次抽牌后转移到了其他人那里。

接下来……还剩下桐山和启诚。

连续两次留到最后的一对一决战，启诚屏气凝神，看样子有些紧张。从手中残留的牌数来看，大王在启诚手里，二年级的桐山犹豫的同时，慢慢伸手抽牌，虽然启诚极力控制自己的表情，但在看到被抽走的牌时，还是表现出了小小的失落。短短的几分钟内一年级连输两局。

一直在旁观比赛的弥彦向启诚发出换人暗号。

"可能换个人比较好哦。"

南云也提出建议。启诚决定和弥彦交班。

"看来我不是很擅长这种游戏，抱歉，就交给你了。"

两连败的启诚退出，打算在一旁观战。

　　当然了，弥彦面对学长也会紧张，但可能因为平时就将葛城当作学长一样相处过来的，所以看起来相对冷静。

　　不过，这也许并不会左右游戏的胜负。

　　虽然不知道实力对这个游戏有多大的影响，要想不抽到大王很大程度上看运气。

　　"差不多该让一年级的赢一赢了。"

　　连胜两局的南云可能觉得有些不好意思，这么说道。

　　"对了，石仓学长，最近社团活动进行得怎么样？"

　　"你对篮球没兴趣吧。"

　　"有兴趣的，虽然不像对足球那样兴趣大。"

　　"今年有出色的学生加入了，明年的成绩应该不会差。今年成绩欠佳，作为队长的我真是难为情。"

　　一年级里有好几个都加入了篮球部，出色的人大概十有八九指的是须藤，须藤的能力连已经退役的三年级学生都看在眼里。

　　"那真是值得期待。"

　　"你倒是把重心放在学生会，对足球没有留恋吗？"

　　"我又没有想过成为专业运动员，足球在哪儿都能接着练，还是这所学校学生会会长的职位更加吸引人。"

　　"你在学生会努力我不管，但是找堀北的麻烦我就不太认同了。"

"我并不打算找堀北学长麻烦哦，只是单纯希望能够获得崇拜的学长的认可。"

石仓看了南云一眼，又立刻将视线移回扑克牌。

"这次我是第一。"

顺利将手中的牌都出掉，石仓赢得了第一名。

"我也凑成一对了。"

紧接着，弥彦凑齐手里最后两张牌，高兴地放置在地上。

一年级要想获胜的话，桥本也必须赢。

他手里的牌在减少，但更重要的是大王的去向。

"耶。"

在二年级学长第三个出完手里的牌以后，桥本也成功清零。

"哟，一年级的第一次胜利呀，恭喜。"

"谢谢南云学长。"

最后还剩下学生会会长南云和三年级的津野田，但南云是有利的那一方，他有二分之一的可能抽到想要的牌。

"那就不好意思了。"

南云没有丝毫迟疑，选择了右边的扑克。

但抽到的是大王。

"抱歉。"

津野田和南云一样，在南云伸出的两张牌中选择了右侧的那张。

"结束了。"

最终大王留在了南云的手中，二年级败北了。

"我被打败了啊，那就开始第四局吧。"

南云没有特别表现出懊恼的感觉，开始理牌洗牌，为第四局做准备。

"一年级也赢了一回了，要不然再让他们输一把吧，作为晚辈，替我们值日也没什么。"

南云开始发牌。

"记得须藤是 D 班的吧，这里有 D 班的学生吗？"

发牌期间，石仓环视一年级学生，问道。

"啊，我们和须藤一个班。"

启诚边看我边说，然后又立刻补充一句。

"但是这个月我们升到了 C 班。"

可能是平常并没有关心其他年级的情况，在听到启诚的话以后，石仓表现出了惊讶与敬佩。

"D 班升到了 C 班啊，那真是厉害。"

"我可是听说今年的 D 班在入学没多久就花光了班级点数。"

"在这种情况下还成功地升到了 C 班，不错，和 B 班还有多大差距？"

启诚刚要回答，石仓赶紧制止了他。

"当我没问过，这里每个班的人都在，引起不必要的矛盾就不好了，抱歉。"

石仓表达歉意，这确实不该在这里讨论，无论是对被我们超越了的石崎他们 D 班还是 B 班来说，都不是什么开心的话题。

到头来，一年级学生基本没有说上几句话，主要是南云和三年级学生在聊。

第四回合，六个人中有四个人都出完牌的时候，南云喊停了。

"只剩下一年级的两个人，这局就不用再继续下去了吧。"

不管是他们两个谁赢了一年级都是输，弥彦和桥本将剩下的牌放到地上。

南云率领的二年级输过一次，到目前为止一年级已经三败了。

一开始确定的早餐值日次数是两次，现在因为这个抽鬼牌的游戏，已经增加到三次了，要是下次还输的话，值日负担会更重。

"把我换下去吧。"

桥本希望其他的一年级学生来顶替他的位置。

但应该没有学生愿意在这种失败的气氛中参与进去。

"不要浪费时间，随便来一个人，坐在那儿的你。"

南云向观众席上的我招手。

我自然想拒绝，不过现在不是能说不的时候。

不管他是故意叫我还是随便指了一个人，我都应该答应下来。

"抱歉，绫小路，交给你了。"

"嗯。"

一年级里面已经有三个人参与过了，我被选中也不是什么不可思议的事情，而且这只不过是个游戏，简单地参与，简简单单地决出胜负就好了。

上场之后，弥彦拜托我来洗牌。

接着，我用并不熟练的手法来发牌。

"那么，这就是第五局了，差不多也该让三年级输一次了，加油啊，一年级的。"

南云激励我们。

我展开分到我手上的牌确认自己的情况，自然是凑成了几对一样数字的，但大王也到了我手上，要是不把这张牌转移到二年级或者三年级那里，我就输定了。

我虽然不是很了解扑克牌的玩法，但也明白了一件事情，那就是也许在一开始拿到大王是一件好事。我确认完手中的牌后，游戏开始了。虽然进展顺利，但我手里的大王还是没有要被抽走的迹象，有时候即使学长的手指都已经碰到了，还是会立刻转移目标不去抽它。

转到第五圈，大王终于离开了，抽到这张牌的学长看了我一眼，立刻装出平静的样子继续游戏。

这次最先将手里的牌清零的是弥彦，同样为一年级的我是第二个。

"一年级的两个人都赢了，看来局势发生了转变啊。"

最终只剩下了三年级的两个人。

事情发展的和南云所期望的一样。

还剩最后一战，作为一年级的学生，我们想避免再出现输局。

"接下来就是最后一局了。"

"我要发牌了。"

在石仓要开始发牌的时候，高圆寺开口向南云搭话。

"南云学生会会长。"

"怎么了，高圆寺，都这个时候了，你又想参与进来了？"

"我有点好奇，你觉得最后一局的结果会如何？"

南云并不在意高圆寺有些傲慢的语调，只抓住了他的这个提问。

"结果会如何？"

南云看了一眼发下来的扑克牌，又环视了一圈。

"虽然说这是个游戏，但是从胜率来看还是高年级学生赢得多，一年级输的可能性不低。"

听到这个回答，高圆寺心满意足地笑着闭上了眼睛。

恐怕在场的大部分人都没有搞懂高圆寺问这个问题的意图。

把握住了目前状况的只有高年级学生。

而我在烦恼该拿这场战斗怎么办。

单纯只靠运气的话，输是肯定的。

但如果为了避免输而采取什么行动，就有可能被南云盯上。

我确认手里的扑克牌。

其中混着一张要想胜利必须得抛弃的牌。

意味着失败的大王。

"你们一年级不想再输了吧，不过，输四次也是很有可能的。"

南云的这句话，不让人觉得单纯只是猜测。

最终战已经开始，扑克牌在两张两张地减少。

还有一两分钟，胜负即将决出。

9

"不好意思了，一年级的，我先赢了。"

最先出掉手里扑克牌的是津野田，然后是桐山。

剩下了一年级的两个人和高年级的南云、石仓二人。

大王一直在我的手里。

我已经放弃获胜了。

没有采取任何补救措施，只是严肃地将游戏进行下去。

弥彦出掉手里的牌，松了一口气。

　　紧接着石仓也成功脱身，终于到了和南云一对一决战的时候。

　　"绫小路，你看上去不是很开心啊。"

　　"没有这回事，只是不善于把心情表现在脸上。"

　　"是吗？从一开始就看你脸色不太好，大王一直在你手里吗？"

　　南云的话并没有什么奇怪的。

　　现在只剩下我们两个人，他手上没有的话，自然知道大王在我的手里。

　　"可能是这样的。"

　　但我不能这样顶撞他，就顺着说了一句。

　　我知道南云想引出来的并不是这样的回答。

　　他想要的是高圆寺说的那种话。

　　我默默伸出两张扑克牌。

　　其中一张是大王，另一张则是南云所需要的牌。

　　南云十有八九会抽中那张他所需要的牌，不对，他的表情让人不解。

　　他面带笑容将手伸出。

　　接着……

　　"不错嘛，绫小路，你有机会了。"

　　南云抽中了大王。

　　"真稀奇，本来以为你肯定能抽对。"

　　一旁的石仓对南云这么说道。

"玩扑克牌就是看运气咯，我该输的时候还是会输的。"

南云将手中的牌洗了洗，然后向我伸了出来。

"选你想选的。"

从第三者的角度看，这只不过是单纯的二选一，不过，这个游戏实际上并非如此。

虽然是一副全新的未开封扑克牌，但南云在一开始担任发牌人的时候，应该就给大王标上了记号，使了点小花招，是一眼看不出来的小印子，我本来也不会发现。

让我意识到事情并不简单的，是南云预言的准确率。

在迄今为止的五个回合里，南云都在游戏结果正式出来之前说中了最终结果。因为有什么都不知道的一年级学生在，所以不能完全确定，就含糊其辞，把话修饰成胜率高和胜率低的队伍。这对意识到这个计谋……不对，是被告知了这个计谋的高年级学生来说是极其有利的。

不管怎么说这件事都让人觉得不舒服。

从我这个角度看，右边的扑克上有大王的标记。

这种印记不是很快就能在其他牌上制造出来的那种，所以我敢肯定。

如果我抽了不是大王的那一张，事情会怎样呢？答案很简单。

不会怎么样，不过是二选一选对了而已。

"想也没有用，我就随便抽一张吧。"

我正要伸手去抽，南云将扑克牌收了回去。

"想好了再抽。"

"这不是靠想就能明白的东西吧。"

"就算是这样。"

他半强制性地让我思考。

"好，我想一想。"

我看着这两张牌。

当然脑子里想的已经不是扑克牌的事情。

沉默两秒钟以后，我瞄准正确的那张牌，伸出了手。

"因为我喜欢右，所以选右边这张。"

相当随便的理由。南云这次没有阻拦我，到手的正是我所需要的那张。

"那我就先出了。"

我将两张一样的牌叠在一起，宣布自己的胜利。

"南云你输了。"

"是啊，反正本来就是要值两次日，没关系。"

他将散开的纸牌聚拢成捆。

"这次还挺有意思的，我可能就是和石仓学长合得来。"

"……是嘛。"

石仓将南云带着善意的话糊弄过去后，离开了房间。

"那就按年级顺序来做早餐吧，从明天开始，拜托了。"

"好……好的，今天谢谢您能来。"

启诚向南云道谢。

整理完扑克牌的学长们起身走了出去。

"话说这根本没有达到培养和睦关系的目的。"

我理解石崎会这么抱怨的原因。

从结果来看，这只是一个增加了一年级学生负担的游戏。

失败的预感

周六本来是休息日，但在林间学校是要上课的。

虽说是上课，时间表和平时有些不同。

上午所谓的课程结束以后就是自由活动时间。

从周四开始的特别考核已经进入了第三天，小组内部也开始出现不和谐的声音，而且从早上五点就开始了。

"啊啊啊，好困！"

在校舍旁边的室外厨房，石崎叫喊道。

"大家都一样，啊，喂，你量一量味增的分量，别搞错了。"

启诚一边翻阅老师给的早餐食谱，一边提醒石崎。

"烦死了，而且为什么非要我做饭啊。"

石崎一边动手搅拌、融化味增，一边不停地抱怨。

"没办法的事，人数不凑齐的话有可能受惩罚。"

"我才不管，混蛋……啊！"

"'啊'什么？"

"……什么也没有。"

"是发生什么事了吧，你手里的盐去哪儿了？！"

"全倒进去了。"

石崎负责制作的味增汤里好像放了大量的盐，启诚慌忙关火，尝了尝味道，果然呛住了。

"盐放太多了，咳！根本不能喝……"

要是把这样的味增汤端给学长，一定会被骂的，而且对身体也有害。

"只能重做了。"

"开什么玩笑，要做你自己做去，话说高圆寺去哪儿了？！"

"我怎么知道……"

"你们不是一个班的吗？"

桥本不屑地瞟了一眼因为味增汤的事情吵起来的二人，接着熟练地使用平底锅在小炉子上制作煎鸡蛋。

"做得真不错……"

"因为我总是自己做饭。"

桥本不是在自满，只是麻利地做着饭。阿尔伯特默默地走到桥本身边，手上的碗里盛着打好的鸡蛋。

"谢谢，可以的话，切菜的活也拜托你了。"

阿尔伯特虽然体格大，但灵活地用起了菜刀，因为用餐的人多，桥本不停地制作煎蛋。这两个人在做饭方面贡献颇多，而我得到的工作非常轻松，准备好即食蔬菜和餐具即可。

不过由于人数多，需要的蔬菜量也是极大的，我虽然不能帮忙做菜，但切切菜还是可以的。我站到阿尔伯特的旁边，他看向我，但没有说话，于是我们试着用眼神交流。

你会切菜吗？

应该吧。

凭靠彼此的感觉相互交流过后，他将菜刀递给我，还好在开始宿舍生活以后，我用过几次菜刀。于是我在阿尔伯特的指导下开始切菜。

话说高圆寺这个家伙去哪儿了，说要去上厕所，结果一走就走了三十多分钟，A 班和 B 班各派了一人去找，但到现在都还没有回来，看来没有找到。

高圆寺一直到早饭时间都没回来，回来以后也只强调自己肚子疼，一直待在厕所里，不再说别的。这下，石崎和高圆寺的关系彻底恶化了。

1

周六早上的第三节课，我们正在教室里学习思想品德。

女生欢快的声音从窗外传来。

我透过三楼的窗户向外看，一之濑正精力充沛地绕着操场跑步的身影映入眼帘。

她在第一天因为分组的事情而疲惫不堪，现在能这么精神抖擞地跑步真是太好了。坂柳曾表示要摧毁一之濑，但到现在还没展开什么行动，不过这只限于表面。

我从楼上看，可以知道一之濑小组的成员大概有哪些人。

意外的是只看到了一个我们 C 班的人，B 班学生的话除了一之濑也没看到其他人，看来和男生一样，她应该是作为维持每组四个班的 B 班成员被派到了这个组。我不太认识 A 班和 D 班的学生，但在体育祭时，为了陷害堀北而被龙园弄伤了的那个女生也在。幸而现在好像完全治愈了，可以自由奔跑。

顺便说一下，这个组里和我一样是 C 班的那个女生名叫王美雨。

来自中国，小学的时候来了日本，之后一直在这里生活。

这是在班里听到的。

爱称叫小雨，和她关系没有那么亲近的人叫起来难度颇高的昵称。我所知道的大概就是，她在班里的成绩非常好，特别擅长英语……考试总分虽然还和启诚有一些差距，但学力和启诚不相上下。而且不可思议的是，运动能力方面也和启诚相似。

王美雨虽然拼命地想赶上小组成员，但落下太多，处于最后一名。她脑袋朝上看向天空，气喘吁吁地跑着，摇摇晃晃，十分危险。

一之濑注意到小雨落在后面，放缓了速度，应该是决定和她一起跑，为她鼓劲。

过了一会儿，又有一个女生和她们会合，是 D 班的椎名日和。

　　椎名虽然没有那么擅长运动，但是面带笑容和另外两个人并肩跑着。听龙园和他周围人的口气，椎名似乎是 D 班女生的领袖。如果那是事实，眼前的这个女生小组里就有两个班级领导人了。

　　这样的话，就算堀北和坂柳也在里面也没那么不可思议，不过那二人应该在其他组里。

　　正当我对她们划分小组的过程产生了一点兴趣的时候，意识到了要集中注意力在上课内容上，而将视线从窗外移了回来，因为老师的话让整个教室流动的空气开始变得沉重。

　　"你们接下来要做自我介绍，但是我希望你们能记住这并不是简单的自我介绍，更是上课内容的一部分。你们接下来每天都要演讲，年级不同演讲的主题也不同，但评分标准都是'音量''仪态''内容''表达方式'这四项。"

　　在大巴上读过的资料里也有"演讲"这个词。

　　毫无疑问这是在林间学校举行的考核科目之一，而且大组里每一个人都要公开发表演讲。这对于不善言辞的学生来说，简直就是炼狱。

　　一年级学生的演讲要围绕这一年在学校里学到了什么，接下来想学什么这一主题，而二、三年级则是发展方向和就业等与未来相关的内容。

　　"真的假的，什么垃圾考试……"

我也不是不理解石崎的心情，但他的声音有点大了。

他的声音好像也传到了老师的耳朵里，但老师并没有特意来指责他的意思。这是不管认不认真对待，反正结果最终都会反映在小组成绩排名上，所以你们随心所欲就行了的意思吧。

到了休息时间，一个男生向我们一年级小组走来，石崎本来把脚搭在了桌子上，但看到那个男生后不由得端正了自己的坐姿。

是二年 B 班的桐山。他在南云雅率领的学生会里担任副会长一职，原本是 A 班的，败给南云后进入其门下，但在内心期盼南云能够下台，通过堀北哥哥和我产生了联系。

"希望你们端正一下上课的态度。"

"啊，不是，我们也没捣乱吧。"

"不光是石崎，还有高圆寺。"

他虽然盼望南云下台，但平常必须扮演一个顺从听话的副会长，他是想要修正那些可能影响到大组整体评价的行为吧。

"这次特别考核只看最后一天举行的综合考核成绩吧？认不认真听讲可没有那么重要。"

"这次的考核不光是笔试，你们不觉得有可能把根据在校期间的态度而得出来的印象分也算进去吗？而且不认真听讲又怎么能拿高分呢？"

"答案 simple is best，应该说，因为我是高圆寺吧？"

"原来如此，你是想说你自己拿高分很容易吧？不过，你是不是真的能拿高分，也只有等考核结束后才能知晓。既然我们现在是团队活动，是不是有必要不让周围的人陷入不安呢？"

"光是因为我的行动就会陷入不安的团队，没有作为团体存在的价值。"

"有没有价值不是由你来判断，高圆寺。"

"那是谁来判断呢？"

"不是个人，而是全体，由在场的所有学生来判断。"

听到副会长说的话，石崎忍不住暗笑，是因为看到高圆寺吃瘪而高兴吧，不过高圆寺并不会这么轻易就"认输"。

"就算把你们所有人都绑在一起，也没有我一个人作为人类的价值高，没眼光的人怎么也做不出正确的判断。"

"看来你的无知程度让你不配当一个高中生，太幼稚了。"

面对一点也不害怕的高圆寺，桐山以常识为武器与其战斗。等回过神来，二年级近半数的人正作势要围住一年级的座位。石崎也收起了笑脸，表情变得僵硬，周围传来了类似恫吓的声音。

"而且不光是高圆寺，其他学生身上也能多少看出点问题。"

有问题的自然包括石崎，但说实话，我不觉得除此之外的其他成员也有问题，大家刚刚应该都在认认真真地听讲。恐怕桐山这么说的目的是想让我们所有一年级学生都重新端正态度，绷紧心弦，给我们施加压力，告诉我们再这么狂妄就是在和高年级学生作对。高圆寺的事情不过是个引子。

"就这样吧，桐山。"

三年级的石仓看不下去了，开口替我们说话。

"太过严厉的指导，有可能被看成是霸凌。要是传出什么谣言，受困扰的可是你们自己，一年级的应该已经充分理解现在的状况了，对吧？"

除了高圆寺，包括我在内的一年级学生都点了头。

"厉害啊，石仓学长，很了解情况嘛。"

自始至终都没有说话、一直在旁观的南云欣然开口说道。

"待在 B 班实在是浪费人才，石仓学长是运气不好。"

"运气？虽然我不想承认，但我确实是实力不够。"

"我可不这么觉得，学长只是因为 A 班里有堀北学这么个天才，才一直没能升到 A 班。我知道学长这三年来每天都不懈奋斗，现在 A 班和 B 班点数之差为三百一十二，虽说临近毕业，但我觉得就要追上了。"

"你是想说你能让这个组赢吗？"

　　"没错，只要石仓前辈完全相信我，我不光能让你在这次特别考核中获胜，还会帮你升到 A 班，说不定还能将堀北学长从这所学校清除出去哦。"

　　"可惜了，南云，堀北这次没有当负责人，你也一样吧，他应该也不会留下任何需要承担连带责任的把柄。"

　　"和负责人或者连带责任没有关系哦，摧毁他的方法要多少有多少。"

　　南云笑着说道。

　　"抱歉，我信不过你，不可能将 B 班的命运托付给你。"

　　"那就可惜了。"

　　南云在小组成员面前喋喋不休，不知道他这是天真不设防呢，还是故意暴露出这种大大咧咧的状态？应该不可能是前者。

2

　　到了晚饭的时候，我决定行动起来。

　　说是行动，其实不过是打探女生那边的情况，一之濑和椎名在同一个组里这件事让我有些在意，不过，能了解到其他组的情况就更好了。

　　惠可能是为了方便我接触她，每天都固定在一个地点吃饭，我并没有指示她这么做，但她还是坚持。

而我则是随机找空位，吃饭的地点并不固定。

我如此小心翼翼是为了避免我和惠的接触被别人发现，龙园等一部分的 D 班学生，还有二年级的学生会副会长等知道我和惠的关系的人并不在少数，身边也还有必须小心提防的人。

我找准时机，坐在了惠的附近。

就在我正烦恼该如何让她意识到我的存在的时候。

"咳。"

惠在向我小声打招呼？看来她在和朋友愉快享受晚餐的同时，也发现了我的到来。

既然如此，只需要不慌不忙地等待她"将碍事者赶走"即可。

惠慢悠悠地吃饭，并诱导朋友先一步回房间。

若中途有其他学生来找她，或一起吃饭的朋友留到了最后的话，我就打算将此次接触延期，但好在她的诱导成功了。

在终于没有来自周围人视线的时候，我开始了和她的谈话。

当然，如果突然有人来了，谈话将立刻停止。

"找我什么事？都第三天了，终于想来找我帮忙了？"

"没错，女生的信息太少了。"

"这不挺正常的？能和有交流障碍的你接触的女生没几个。"

她立刻给我泼了一盆冷水。

要是这能让她先得一分，有利于维系我们二人关系的话还是挺值得的，不过，我决定刁难她一下。

"所以，你觉得即使没有我的帮助，也能度过这次特别考核？"

"当……当然了，你以为我是谁。"

"这样啊，那我就不用担心了。"

"……你一会儿暂且帮我分析一下我的情况需不需要担心。"

惠变得有些不安。

"总之，先把女生的分组情况说给我听听。"

"啊，在那之前我有一个在意的地方想问问你。"

"简单点说。"

长时间的谈话可能会让其他学生起疑。

"是很重要的事情吧……那个家伙，龙园，是怎么一回事？"

"你在意这个？"

"那肯定的啊，这在女生中也引起了讨论，他不当领导人的真正原因，好像没有一个人知道。"

"异常温顺这个词放在龙园身上可能并不合适，但他确实老实多了。"

"你的惩罚起作用了？"

"惩罚啊……"

　　她强硬的话语背后隐藏着她的怯懦，为自己的弱点暴露在了龙园面前而感到不安，所以才如此在意龙园的状况。

　　"你不用再担心龙园的事情了，他今后不会再出什么幺蛾子，至少不会再做伤害你的事情，这我可以打包票。"

　　我让她放心。

　　但惠没有反应。

　　我警戒起来，是有谁来了吗？但似乎是我想多了。

　　我立刻察觉出了她现在的情况。

　　"……抱歉……没事。"

　　她这么掩饰过去。

　　"你可不像没事的样子，惠。"

　　"真……真的没事。"

　　"惠，你没骗我？"

　　"……等一下，你是故意的吧！"

　　虽然没有回头看我，但她发出了颇为低沉、瘆人的声音。

　　我可能有点过头了。

　　"真是的，早知道就不同意让你叫我的名字了……"

　　"最开始不带姓氏叫我名字的可是你。"

　　"那……那是无可奈何才叫的。"

　　比起继续纠结这个，既然龙园的事情让她放心了，我还是希望能赶快切换到我想问的话题上。

就算说我们两个人正在打闹，认识的人看到了不免怀疑我们二人的关系。

"我暂且尽可能多地搜集了一些信息……现在说？"

"嗯。"

"不过事先声明一下，我可没有全部掌握你希望的各组总体情况。"

"知道，我没指望你那么多。"

"你这语气真让人上火，你也不清楚男生的每个组都有谁吧？"

"谁知道呢。"

"什么啊，你不会想说自己已经把所有人都记下来了吧？"

"我没有这么说过。"

"B 班的柴田同学在哪个小组？"

"神崎所率领的 B 班中心小组。"

"A 班的司城同学呢？"

"这两个人感觉挺像的，他在一个名叫的场的学生所组成的 A 班中心小组里。"

"那……那铃木同学呢？"

"叫这个名字的家伙的话，应该属于另一个十人小组。"

"你这不是全都记住了嘛！"

"这只限于我知道名字的人，其他人的话，看到脸以后应该能记起来属于哪个组。"

这次考核的好处之一在于让我下决心记住所有一年级学生的名字。

如果没有遗漏和差错，考核过后我应该能将名字和脸都对应起来。

"啊……怎么做才能使记忆力这么好啊，你以前是戴眼镜的书呆子吗？"

很遗憾，我不是很能理解她的话。

"回到正题，坂柳和神室的小组情况是怎么样的？"

"这两个人在同一组，其中A班九人，由三个班级构成，记得A班的人是最先定下来的。"

记得A班男生也同样采取了这种本班人数占多数的分组战略。

A班男生是十二人，女生却成了九人。

"由三个班级构成，意思是有一个班没加入这个组？还是坂柳没把这个班的人放进去？"

"不让B班的人进，从一开始就表示了拒绝，说是无法信任一之濑什么的，不过说这话的不是坂柳，而是神室。"

"无法信任啊……"

"其实其他班的人谁也不能信，但只有一之濑被指名道姓，这是不是挺奇怪的吗？连我都听说她人不错。"

如果让我举一个其他班能信任的人的例子，我一定会说一之濑。这个问题让其他班的人来回答的话，恐怕有不少人会说出栉田的名字。

总之，要说可信赖度的话，一之濑应该是年级里数一数二的人物。

如果一个组里只有三个班，人数只是最少的话，报酬也会下降。

这是不求绝对胜利的同时也不会落入绝对失败的策略。

"真狡猾啊，A 班只要守住现在的地位就行了，分组的时候也有底气。"

"是啊。"

这是十分可靠的作战方案，而制定它的人十有八九是坂柳。

攻击性人格的她居然会采取保守性战略，这倒是让人意外。

"所以，我今后该怎么做？采取什么行动比较好？"

"这次的考核，玩弄点小伎俩没有用。不过，我有几个人想让你帮我盯着点。"

我挑出几个感觉会变重要的人物告诉她。

"嗯，很不好办，但我试一试。"

认真服从命令，这是惠的长处。

"对了，这次考核到底是什么意思？礼仪和思想品德什么的，真的有必要？"

"嗯……抽象地来说，可能就是一种类似麦格芬式 ①
的东西。"

"什么？格兰芬……"

"不是格兰芬多哦。"

"我……我知道，所以那是什么意思？"

她完全不知道的样子。

"对登场人物很重要，但在故事内容上没有用的
'东西'。"

"完全不懂，我知道清隆你的脑子很好，就不能给
我简单解释一下吗？"

"礼仪和思想品德虽然有必要，但并非都那么重要。"

用餐时间所剩无几，食堂里的学生开始准备回去了。

"但这次的考核……形势可能会很严峻。"

"形势严峻……这是怎么一回事？如果按清隆你所
想的方向发展的话会发生不好的事情？"

"放心，至少不会波及你。"

形势会变严峻的恐怕不是一年级学生，我拿着托盘
站起来。

"有需要的话，我会再来找你。"

"好。"

———————

① 麦格芬式，一种电影的表现形式。

结束谈话，我决定回房间一趟。

3

夜晚，我躺在床上。

已经过了熄灯时间，深夜一点，夜深人静。

在这个应该要睡觉的点我还醒着是有理由的。

我的枕头底下有一张纸条，上面写着二十五这个数字。

简单，所以可表达的意思也很少，可以把它看成暗号，表示二十五点，也就是深夜一点。不知道是谁放在这里的，也是为了搞清楚这个我才没有睡觉。

如果是单纯的恶作剧或者表达的是其他完全不同的意思也没关系。

我可以利用这个时间静下心来思考。

这个特别考核的本质，考核内容的全貌也逐渐清晰了。

老师还没有具体说明，所以还有猜测的成分在里面，但有几个项目几乎可以肯定和考核内容有关。

坐禅

老师会给坐禅开始前的礼仪规范，以及坐禅时的姿势打分，礼仪规范不对或坐禅时犯瞌睡被香板敲打时则会扣分。

长跑接力

看名次和所用时间，评判标准简单。

演讲

在大组内依次进行演讲，打分方法就是已经公开的"音量""仪态""内容""表达方式"这四项。

笔试

还有以思想品德为主的笔试，这应该和普通的测试一样直接看分数高低。

除此之外还有"打扫"和"用餐"等要素，虽然让人有些在意，但现在还无法判断是否与考核有关。

有无迟到现象或者小组内部是否发生矛盾等等应该和考核结果无关，但被列为考察项目也不奇怪。

许多学生正为这场与众不同的考核而伤脑筋吧。

理解其本质以后就会发现必须要采取的策略。

踏实提高团队凝聚力，取长补短，获得高平均分。

这可以称得上是王道。似乎很简单，但其实它的难度之高从小组划分的时候便可看出端倪。与平时处于敌对状态的人毫无保留地进行全面合作是极其困难的。

会采取这种办法的人，我们班的话，应该就是堀北和平田，其他班有一之濑和葛城。对组内成员是否具有强大影响力和能否发挥出强大领导力，产生的效果也会不同。

选择成员当然也很重要，但是从这次考核内容来看，在最初的阶段就找出能大显身手的学生几乎不可能。在学力上无可挑剔、本应该能够起到大作用的启诚在第一天坐禅的时候，要挣扎着才能坚持两组共十分钟，还有学生连腿都不会盘。在现在这个阶段，大部分的考核仅靠会不会运动、会不会学习是无法判断能不能取得好成绩的，接下来，适应能力强的学生将崭露头角吧。

除此之外，应该也有不少学生采用不同寻常的战略方法。

从规则说明时便可窥见，学校为了准备这次别出心裁的考核也付出了不少心血。第一次的特别考核，即无人岛考核时也是这样，规则上一定会存在漏洞，当时暴力是不被允许的，但伊吹和堀北发生争执没有被发现，这是因为存在着一定的死角。

当然了，这种违规行为一旦被发现了，惩罚力度也是极强的，还有即刻退学处置，所以大部分学生并不会往枪口上撞，更何况，违规行为和获胜之间并没有绝对联系，事情没有这么简单。

要想找到那一点点死角和漏洞，不墨守成规并给出致命一击，必须跨过重重难关。

一直以来，我以各种方法插手过特别考核。

无人岛的时候让堀北退赛，将领导者调包；船上考核的时候用手机使了一计；体育祭的时候又故意引人注目；Paper Shuffle 的时候还控制住了栉田。

但这次我早早就决定了什么都不做。

虽然在搜集信息，但我决心只当个旁观者。这是我淡出班级争夺战，作为普通学生顺利毕业的必行之路。

就算 C 班因为这次的事情受了重创，我也什么都不会做。

我这么做的一部分目的是，向对我产生了一定关注的坂柳和南云表现我没有参与作战的意愿，但不知道效果如何。

堀北哥哥也只当我全程静观，指责不到我头上。

我唯一要采取的手段就是防御，要是有学生来逼我退学，我自然要自卫。

时间已经过了一点，并没有发生什么奇怪的事情。

那我差不多睡觉吧，已经这个点了。

从连接房间和走廊的门的缝隙处射进微弱的光线，是莫尔斯电码。

用光的闪烁来传递信息。因为在林间学校，到了半夜走廊非常昏暗，所以房间里配备了几支手电筒，那个人应该是把它拿出来了。我明白了这是叫我出去的暗号，光线无声消失，我坐了起来，静静地起身站立。房间内并没有厕所，半夜去上厕所应该不会被人怀疑。

4

走出房间，走廊漆黑一片，我听到了渐远的脚步声。

我追上去，意识到那道光是来自堀北学。

"你来找我，不会太显眼了吗？"

要想往我的床上塞东西，必须知道我睡在哪个床铺。

符合条件的人少之又少。

应该是第一天和拿着扑克的南云一起来的三年级学生石仓或津野田吧。

只要问他们就知道我的床铺了。

"在夜深人静的时候秘密见面的学生并不少，这次的考核里应该有两三个计策正在进行中。"

从一年级到三年级，所有人都在为了胜利而绞尽脑汁。然而，这样进行秘密会面的学生所想的东西大都上不了台面。

"你知道我为什么要这个时候把你叫出来吗？"

"因为南云令人毛骨悚然的行动，除此之外我想不出别的理由。"

"没错，觉得和他在一个大组的你可能知道点什么，所以来找你了，另外还想回复你在大巴上给我发来的那条信息。"

"我先告诉你，你白期待了，南云没有什么奇怪的动作。"

虽然有几个在意的点，但是我撒谎说我什么都不知道。

南云向堀北哥哥发起了挑战，是在所有人面前提出的正面对决，轻易就输掉的话实难为二年级做表率，除此之外，以后在前辈和晚辈面前都抬不起头来。他应该有十足的胜算才这么做，但是，我并不知道原因。他和堀北哥哥承诺了要堂堂正正分个高下，本以为他会对大组成员上课时的态度进行严格且彻底的管控，但他也没这么做。

这让堀北学觉得不安了吧。

如果不是这样，他不会冒着风险把我叫出来。

"所以南云什么都不做，就这么迎接正式考核？"

"在不卷入其他人的基础上能做的事情并不多。"

能督促大家上课时不要窃窃私语和打瞌睡，不要迟到，保重身体，但这并不能带来成绩的突飞猛进，不过是消除一些会对成绩造成不良影响的要素。

"现在我的大组综合能力占上风。"

堀北哥哥冷静分析道。他们的大组里面还拥有一年级的以 A 班为中心的小组，如此迎接正式考核，赢的可能性很大。

正因为如此，才觉得现在还一点都不着急的南云有些令人毛骨悚然。

"他有违背约定的可能性吗？他有可能不计手段也要让你失败。"

"南云他确实不会放过与他作对的人，龙园那种在违规边缘试探的行为他也采取过不止一两次，这和二年级异样的退学率也有一定的关系。但是，他时至今日，只要是说过的话、做过的约定，从来没有出尔反尔。"

"意思是他既然承诺了不会把别人卷到这件事里来，就绝不会这么做？"

"没错。"

堀北哥哥毫不犹豫地点了头。两人在学生会里一起待了近两年，堀北哥哥切身认识到了这一点。听到这份不容置疑的确信，我终于解开了当初产生的疑问。这件事可以告诉眼前的堀北哥哥，甚至二、三年级的所有学生。我或许能给堀北哥哥一个建议，但恐怕并没有什么意义。

因为只有相信敌人，才能防御对方的攻击。

"看来我们没有必要见这一面，算是浪费时间了。"

堀北哥哥转过身，迈步回房间。

"你想知道的那件事……学生会对制定特别考核的确有发言权，可以就规则提出意见和更改部分惩罚等，这是因为学校要吸收来自学生的意见，但学生会并不能随意决定什么。"

"知道了。"

回答完我之前的问题，堀北哥哥离开了。

"有可能会输啊。"

我无意中嘟囔了一句。

不对，"输"这个词用得不对，堀北哥哥是不会犯错的。

对团队实行彻底管理，完美协调各方事务，没有失误。

只不过……明显这并不能实现完全防御。

以第三学期伊始的这个考核为开端，可能会发生什么巨大的变化。

女生的战争上 一之濑帆波

三天就这么过去了，男生之间好像发生了各种各样的事情，作为女生的我，一之濑帆波自然对这些一无所知。

将事情追溯到林间学校特别考核的开设当日。

"总之小组成员就这么定了，大家接下来要好好相处哦。"

睡觉前，我这么对我的小组成员说道。经过一波三折、错综复杂、跌宕起伏的分组之争，一起面对考核的小伙伴总算是决定下来了。

我们小组里共有十一人，分别是我、王美雨、椎名日和、薮菜菜美、山下沙希、木下美野里、西野武子、真锅志保、西春香、元土肥千佳子以及六角百惠。属于B班的只有我，C班也只有一个人，其余的都是A班和D班的学生。真锅和西野同学都被认为是班里不老实的人物，可以说，这里集合了不那么受欢迎的学生。

女生在这种事情上会做得特别明显。

我和王美雨，还有剩下的其他学生所组成的这个小组不过是临时拼凑起来的，之间的联系十分淡薄，我必须尽快将关系构建起来。

"请多多关照啊，一之濑同学。"

"请多多关照，椎名同学，我早就想和你交朋友。"

"真的呀，这可是我的荣幸。"

我和C班……不对，是D班的学生几乎没有交流。

龙园的存在让我无法和D班搞好关系。

不过，他到底是不是真的退出一线了，这一点尚且存疑。

无论如何，难得组成了一个女生小组，我还是想和她们做朋友的。而且要是小组得分低于平均分则会有退学的危险，我必须避免负责人退学和有人被连带退学的情况发生。虽然我应该把B班的同学放在首位，但既然已经组成了四个班的小组，就没必要区别谁先谁后了，我这么说给自己听。

王美雨同学给我一种不参与，准确来说应该是难以参与进来的感觉，当然，这个时候我拉一把手就行了。

可是，这个小组以A班和D班女生为中心。

而且其中大部分人的自我意识较强。

如果我大大咧咧冒出来，一个劲地好像要拉拢谁的话，反而会让人产生不信任感。

所以我决定稍作等待，要是那两个班的女生没有要帮助王美雨同学的意思，我再做打算。

"你是……王美雨同学对吧？"

"是……是的。"

椎名靠近她，温柔地打招呼。

椎名率先接下了小组负责人的重任，是很可靠的存在。

因为我觉得以我们小组的阵容不太可能获得第一名，所以这次没有主动表示要当负责人，椎名看到这一情况后，立刻举手帮我承担下了这沉重的任务。

"身边都是不认识的人，让人特别紧张呢。"

"确实有点呢……"

"如果突然有人说要和自己做朋友，拉近距离，肯定会觉得怪怪的。"

"嗯，没错。"

从陌生人变成朋友，不是那么简单的事情。

是循序渐进的过程。

目的性太强反而会适得其反。

"那个……一之濑同学交过男朋友吗?"

这时 A 班的一个女生问了我这样一个问题。

"呃……说出来有点丢人，我还没有谈过恋爱呢。"

"这样啊，你明明这么受人欢迎，莫非是你对男朋友的要求太高了?"

"不是吧……我也不知道为什么。"

"那你现在有喜欢的男生吗?"

"欸……"

突然被问了这么一个问题，我有些慌乱。

"我可是听说你经常和南云学长在一起……"

确实，在进入学生会以后，我经常和南云会长一起行动。

　　但是没想到竟然会产生这种流言蜚语。

　　"还轮不到我说喜欢不喜欢，学生会会长哪会把我放在眼里。"

　　"也不能这么说，对吧？"

　　"对对，一之濑同学就算和南云学长在一起了也不奇怪。"

　　"不管怎么说，我现在应该……没有喜欢的人。"

　　"现在没有的意思就是以前有过咯？"

　　女生一齐骚动起来，一个不注意就引出了这么危险的话题。

　　"不是的，嗯，以前确实崇拜过一名学长，不过在我意识到那是对异性的喜欢之前人家就毕业了……"

　　我拼命否认，大家听到后都笑得合不拢嘴。

　　"怎么了？怎么了？我说了什么奇怪的话吗？"

　　"没有啦，就是觉得不管问你什么，你都会认真地回答我们。"

　　"一之濑同学你太耿直了，不想回答的问题糊弄过去就好了呀。"

　　"啊，千佳子你是不是在开我的玩笑？"

　　"哎呀。"

　　于是，夜晚的女生聚会气氛再度热闹起来。

　　感觉今夜都要无眠了。

"别看我这样，我可是说不回答就不回答的。"

"那……你从小到大一共被表白过多少次？"

"嗯？三次吧……加上幼儿园那次就应该是四次，把之前那件事也加上的话就是五次。"

"你这不是在回答嘛！"

我不擅长谈论恋爱的事情，所以才一不小心说漏了嘴。

"难道你不会撒谎？"

"说不定是这样……"

气氛再度高涨起来。

不过，这个问题还是提前否认了比较好。

"没有这回事，真的。"

"是吗？"

"比如说，碰上特别考核，不是得制定一两个策略吗？那个时候可能就会糊弄一下，或者撒撒谎。"

"也就是说那个时候你可以满不在乎地撒谎？"

"……呃，也不是这样吧，说实话谁都不想撒谎，所以我也尽可能不去撒谎，这样说才对。不对，也不是这样，我可能只是不擅长为了不伤害别人而撒谎。"

"这不奇怪吗？一般来说撒谎是为了不伤害别人吧？"

"是啊，这种谎言一定是充满善意的。"

但……我的情况则不同。

没错，这是我给自己设下的考验。

　　"为了不伤害别人而撒的谎，只是将伤害推后了而已……"

　　从那一个谎言不断衍生出了邪恶的东西。

　　我不愿回想。

　　那段痛苦的日子。

　　那段残酷的经历。

处处皆有之物

周日飞快过去，转眼到了周一，也就是考核的第五天。早晨的四节课都是运动时间，任务是走完或者跑完考试当日长跑接力项目，往返共十八千米，并在下午上课之前回到学校。考核为接力形式，也就是说正式考试的时候一个人要跑一到两千米，并不是太长，但这里是地势起伏大的山岳地带，我们已经连续走了五千米，消耗了许多体力。之前一直都是在操场运动，也就流一点汗，和现在的落差极大。

"这个坡怎么这么长，耍我们的吧！太累了！"

通向山顶蜿蜒曲折的路虽然铺设好了，车辆也能通行，但是倾斜角度很大，光是走路都很累人。

而且我们还早起做了早饭，比学长消耗的体力要多得多。

周日能够休息也是学校对我们的照顾吧。

"这得花多长时间啊……"

"人的平均步行速度为四千米每小时，十八千米的话步行需要四个半小时左右。"

"开什么玩笑，这样的话都没时间吃午饭了。"

"那你就全程跑啊，石崎，就用不了这么长时间了。"

B班的森山直截了当。实际上我们和大组是一起出发的，但二年级和三年级的大部分人比我们要快。

"怎么可能，谁能一口气跑完十八千米。"

"别浪费口舌，把体力消耗掉了……你们是同意了我的策略，现在才在这里的吧……"

启诚一边大喘气一边提醒石崎他们。擅长长跑，而且体力充沛的学生可能从一开始就可以跑起来，但连跑十八千米确实不是什么好方法。启诚制定的策略就是，前九千米用走的，走到折返点再开始跑，这个策略考虑到了返回时主要是下坡。

"我们还没开始跑呢，现在连折返点都走不到了。"

"闭嘴，走你的。"

启诚不擅长运动，他的脚好像已经受不了了，明显难以支撑下去，能在指定时间内完成剩下十三千米的可能性很小。他想尽量不说话，将精力集中到走路这一件事情上来的心情也能理解。通过这个课能在某种程度上知晓谁擅长跑步，无疑，现在痛苦不堪的弥彦和启诚自然不在这一行列。

走在后面的高圆寺看样子倒是能依靠，但我不觉得他会认真跑。

"闭嘴，走你的？你都累成这个样子了还这么不客气啊，幸村。"

石崎似乎还打算继续说，没有少说两句的意思。

"作为负责人，我是为了咱们小组才这么说的……

别让我再说话了。"

"你作为负责人干什么了?"

石崎可能压力很大,不停地用语言攻击启诚。B班学生看不下去了,森田和时任也开始对石崎表示不满。

"差不多得了,石崎,这件事幸村是对的。"

感到身后的人的气息渐远,一回头发现高圆寺走上岔路进了森林里面。其他学生并没有发现这件事,正一心向前。

看样子爱惹麻烦的不只石崎一个人。

如果他只是去那边看看还行,但都快看不见他的身影了,还不见他往回走。

"真是麻烦……"

我想过要不要默默地去追高圆寺,但那样的话连我也会被认为走岔了路。

"高圆寺走进了后面的小路,我去把他叫回来。"

"啊?那个怪人在做什么啊?!"

能止住石崎的人不在了,他的音量愈加放肆起来。

"不要太在意高圆寺了,石崎,当他不存在吧。"

启诚制定了把高圆寺当空气对待的战略。

但完全无视他很难。

就算高圆寺到处惹麻烦也不能放任他不管。启诚满脸歉意地对我说道:

"……抱歉,清隆,能拜托你去把他找回来吗?"

很明显，启诚已经没有力气回去找高圆寺了。

我连声答应。

"和高圆寺打交道会很棘手吧？我也去帮忙？"

桥本这么对我说道，但我礼貌地回绝了。

"可能谁去了都带不回他，既然如此，这十八千米的路程能多一个人完成是一个人，给学校留下的印象也能好些，也不好说是迷路了。"

"这样啊，确实有道理，要是他怎么都不和你一起回来，那你就别管他了。"

我点了点头，立刻去追高圆寺。虽然我并不打算积极地采取什么行动，但能和高圆寺两个人的独处的机会可是十分稀少的，要想和他聊一聊也就只有在这里了。

1

小路没有铺上沥青，地面上还是土。

虽然很不好下脚，但我还是加快速度向前走去。高圆寺若只是徒步的话，按我的计算，应该用不了一两分钟就能追上他，但可能他也加速了，看不到他的身影。

"真麻烦……"

只是加速了的话还好，要是他走进了什么没路的地方就完了。我一边寻找高圆寺的足迹，一边再度提速，终于在前方一百米左右的地方看到了高圆寺的背影。

看着那个背影，我想起在无人岛的时候也发生过类似的事情。那个时候爱里也在，虽然说我们最后被高圆寺甩掉了。

"高圆寺。"

我叫了他的名字，向他跑近。

"哎呀，这不是绫小路 boy 嘛，这儿可不是正式线路哦。"

"因为你要是不按时回去，我们小组有可能要负连带责任。你为什么要走这条岔路？"

"我有一个瞬间好像看到了野猪，感觉挺有意思就追进来了。"

又是一个相当荒谬的理由。我抑制住了想问他追上野猪后打算干什么的心情。

"你放心吧，我会在规定时间内回去的，我用不了三十分钟。"

我只能相信他说的话。

"话说，你找我还有其他事吗？"

高圆寺意识到站立不动的我还有话要说。

"是考试当天的事情，希望你能帮一下我们小组。"

"这句话我耳朵都要听出茧子来了。"

一定是启诚在我不知道的时候和他说了好多次。

但高圆寺都没有同意吧。

"不用取得特别优秀的成绩，只要做好你分内的事情就好。"

"做决定的不是你而是我自己，知道吗？再见。"

我抓住了想要离开的高圆寺的手腕，但他并没有在意，依旧迈腿想要往前走，我无可奈何，集中手部力量，保持站立不动。本以为他会极力反抗，但不知为何高圆寺泄了力。

"哈哈哈，原来如此，是这么一回事呢，绫小路 boy。"

高圆寺就这么被我抓着胳膊，静静地微笑着回头看我。

"这么一回事？"

"让 dragon boy 变老实的人物的真正身份。"

"Dragon……是什么？"

"就是龙园那个捣蛋鬼。"

"龙园和我有什么关系？"

"你挺擅长装傻的嘛，完全让人感觉不出你的意图。"

"你是怎么得出这个结论的？我不是很懂。"

"通过你抓着我的胳膊的手传来的热量。"

虽然我知道他不是普通人，但高圆寺可能比我想象的还要奇怪，通过被抓着的胳膊得出结论啊。

"抱歉，这个误会就大了。"

"是吗？从小组里那个不良少年看你的眼神和动作，还有周围的反应来看，这就是不容置疑的事实吧。"

高圆寺没有任何物证，但对自己的眼睛十分有信心。

再掩饰下去应该也只是无用功。

"哈哈，放心吧，我不会把你隐藏的事情公之于众的。就算你'相对比较优秀'，我也不会把你放在眼里，你不过是万千凡人中的一个。所以不管这件事是真是假，只要我不说就不会有问题对吧？"

"我想解开这个误会，你想听吗？"

"很遗憾，你还是放弃吧，就算别人统一口径断言绫小路 boy 和这件事没有关系，只要我确信了一件事，就不会再改变了。"

"这样啊……那可以回到正题上了吗？"

"是想让我完成小组任务这件事吧。"

"你能接受吗？"

"我已经说过很多次了，我拒绝。"

他的回答没有发生改变，断然拒绝了。

"我会按照自己的想法行动，这是我的理念，参不参加考试，怎么取得成绩，全凭我那个时候的心情。"

"……这样啊。"

虽然想出了各种各样劝说他的手段，但贸然行动也许会有反作用。

就听天由命吧，很可能从结果来看这么做的损失最小。

高圆寺明显不想退学，所以只能赌一把了。我目送高圆寺追逐野猪而去。

"感觉这个男人谁的话都不会听啊。"

　　无论是堀北哥哥还是南云都不行，他没有伙伴。

　　这是我作为和他一起行动了将近一年的同班同学最直观的感受。

2

　　将高圆寺留在森林里，我独自一人回到了线路上。

　　我虽然离开了不到十分钟，但恐怕现在已经是最后一名了。前后都没有学生，我稍稍提速，想追上他们。

　　没多久就看到了走在前方的启诚等一年级学生。

　　最先注意到我的是时任，接着所有人的视线都集中到了我身上。

　　"我找是找到他了……"

　　"果然还是不行？"

　　早就料想到这个结果的桥本苦笑道。

　　其他的学生也都没有特别责怪我，只抱怨不见踪影的高圆寺。

　　大家一边骂高圆寺一边往前走，终于到达了折返点，茶柱架着胳膊等在那里。本以为这几天都看不到她，但她好像定期会出来辅助上课。

　　"二年级和三年级的学生全都折返了，只剩下你们一年级的了。"

　　"老师，现在是几点？"

　　"正好十一点。"

也就是说离中午的休息时间只有一个小时了。

如果这里道路平坦的话，时间可能还没有那么紧张，但我们已经沿着陡峭的上坡路走了九千米，消耗了相当多的体力。

如果不跑得快点，连午休时间都会搭进去。

"我先回去了，我可不想误了午饭。"

"等等，要先点名，你们挨个说一下班级和名字。"

茶柱拿出小板子，记录到达折返点的学生信息。

结束以后，石崎撂下小组成员就往回跑。

看样子他把之后的路程归为了与小组无关的个人战，阿尔伯特紧随其后。

"清隆，我们也走吧。"

"你们先去，我想确认一下高圆寺会不会来。"

"可以是可以……但是时间只剩下一个小时了。"

"我对我的脚程还是有信心的，没关系。"

"长距离和短距离可不一样……算了，我没资格说这个。"

启诚自嘲般地笑了笑，然后往回跑，步伐并不灵活。

"我先走了。"

"嗯。"

剩下的最后一个人，桥本，在拉伸完肌肉以后也走了。

留在折返点的只有我和茶柱。

"看样子不是有话和我说呢。"

"我只是在等高圆寺，而且如果我不待在队尾，可能会出问题。"

"出问题？"

不是什么大事。如果像石崎那样跑在前面，早早结束，就发现不了在路上抬不动脚还要乱来的学生了。

这次不是接力而是在指定时间内跑完全程，不管你是一个小时跑完，还是四个小时跑完，成绩都一样。启诚不仅体力不够，而且现在脚还有点不灵活，如果不拉着他事情可能发展不妙。

大约二十分钟过后，那个男生终于来了。

"看样子这里是折返点呢。"

他的运动服沾上了树叶和泥土，有到别处转悠的痕迹。

"高圆寺你是最后一个，现在只剩下四十分钟了。"

"是啊，我再慢些也没关系呢，不过和野猪的接触结束得比我想得要早。"

"野猪？"

茶柱不能理解这个突然冒出来，而且有些莫名其妙的词，但高圆寺很快折返，要往回跑。

"还要点名，就这么走了的话可是不及格的。"

茶柱叫住他，而高圆寺头也不回，自报姓名。

"我叫高圆寺六助，请好好记住，teacher。"

他洪亮的笑声在山野里回荡。

"算了，我就睁一只眼闭一只眼吧。"

"那我也走了。"

出发后，不知过了多久。

当我再次看到那个注意野猪的牌子的时候，两名男学生的背影映入眼帘。

一名是在我意料之中的启诚，他好像并非体力到达了极限，而且由于左脚疼痛，几乎完全在身旁学生的搀扶下向前走着。

他身旁是我本以为会超越启诚而去的桥本。

我跑上前，眼前的情况十分明显。

"扭伤了？"

"绫小路啊，嗯，好像是扭伤了，可能折返的时候他的脚踝就已经到达极限了吧。"

桥本代替启诚说明。完全承受另一个人的重量是一件很费体力的事情，但从他身上完全看不出疲惫的倾向，没有一丝怨言，慢慢搀着启诚向前走。

"真丢人……为什么我连这点事都做不好……"

看他如此懊恼，内心的想法应该也发生了变化吧，记得他以前一直觉得学生的本分就是学习，难以理解会有运动和其他与学习无关的考试。

而桥本装作拉伸肌肉，拖到最后一个出发的目的也和我相同。

"我也帮忙。"

与其一个人撑着倒不如两个人一起。我走到启诚的另一边搀扶起他。

"……等一下，这样的话，你们两个人都会耽误午休时间的。"

"如果我们把你丢下，你还是会勉强自己向前跑的对吧？让你白白伤害脚腕，到时候考试缺席，有麻烦的可是我们。我们少个午休少吃一顿饭能让你的脚伤状况没有那么糟糕的话，还是挺划得来的，对吧，绫小路？"

"嗯，可能是这样。"

"可是……"

"我们两个人只不过是偶然跑在你后面，别客气。"

说完，桥本又订正了一句。

"不对，是三个人。高圆寺那个家伙刚刚以超快的速度跑过去了，真是个怪物。"

"他就像没有体力极限一样，在体力方面肯定是年级第一吧。"

我并非在捧高圆寺，只是坦诚地把他的能力说出来。

"我们 A 班能维持到现在可能多亏了他恶劣的性格，通过这次在一个组里我算是知道了，他别说帮忙了，净在给 C 班捣乱吧。"

如果高圆寺发挥出他的能力，确实能让其他班级受到威胁。但并不能把他算作我们 C 班的战斗力。

等我们搀扶着受伤的启诚回到林间学校的时候已经十二点四十分左右了，随后启诚立刻在医务室接受了包扎。

我和桥本在走廊等待。

大概十分钟以后，结束包扎的启诚回来了。

"情况怎么样？"

启诚苦笑着回答道：

"轻度扭伤，多亏你们两个人搀扶我，不然就更严重了。"

他左脚上稍微缠了点东西，但已经能够正常走路了。

桥本轻轻地拍了拍启诚的肩，对他说道：

"离考试没多久了，注意不要让伤势恶化了。"

"虽然你帮了我……"

桥本立刻领会了启诚的意思。

"别担心，我不会和别人说的，这么做对我们都好。"

启诚松了一口气。

3

因为没有吃午饭，所以我比往常都要期待晚餐时间的到来，找到座位坐下以后就立刻开始进食。

"清隆，你旁边有人吗？"

是波瑠加的声音。我一回头，发现绫小路小团体的成员都凑齐了。

"这几天我们怎么都找不到你，原来你待在这么难找的地方。"

"……抱歉，食堂太大，我不知道该坐哪里好。"

最近大家都在以小组行动，能凑齐所有成员应该不容易。

这里的座位不太够，我们一起移动到了能坐下五个人的地方。

"好……好久不见呢，清隆同学。"

爱里支支吾吾地说道。确实，我和她两个人将近一个星期没有说过话，这种情况很少发生。

过去即使放长假，我们也会打打电话，或者见个面什么的。

"比起这个，小明你们那儿还好吗？和龙园在一组对吧？"

波瑠加可能是在哪儿听说了这件事，向明人询问道。

"嗯，差不多，我也在警惕着，但他挺正常的，也会准时来上课。"

"包括坐禅和长跑接力？"

"啊，正常得令人害怕，比那些做不对事情的家伙要靠谱多了，我也试着和他说过几次话，但看样子他好像不打算和任何人扯上关系。"

"打架输了，受了刺激，人也变得奇怪了？"

"谁知道呢，谁也不清楚他以后会做什么事情。"

明人绷紧神经，表示还是不能疏忽大意。

"别说我了，你怎么样啊，和其他人相处得好吗？"

"我？我就那样，不去和谁搞好关系，也不和谁把关系搞僵。反正和爱里在一个组里，这样就挺好的。"

"还好有波波在。"

看样子这两个人在一个小组里。有一个亲近的朋友在身边，心里也会有底很多吧。

"原来最麻烦的是我们小组啊，清隆。"

"也许是这样。"

"嗯？怎么了？"

波瑠加和爱里对视了一眼，好像从未听说过。

"有谁的指示都不听的高圆寺和不分场合大吵大闹的石崎在啊，而且可能是因为阿尔伯特也在，实在难以驾驭，真的太头痛了。"

"你们和高圆寺同学在一个组啊……没事吧，清隆同学？"

"他没有直接危害，所以还好。"

"问题在石崎吧，是不是因为打倒了龙园，正洋洋得意呢？明明不久之前还是人家的小弟。"

而我觉得导致石崎这么做的一个重要原因在于，他和我待在一个小组里面。他把无处发泄的愤怒和懊恼都发泄给了除我以外的其他人。

"总而言之，我作为负责人必须努力……"

虽然脚上安着一个不知道何时会引爆的炸弹，启诚还是为了小组的团结而拼命努力。

"男生也挺不容易的呢……"

"好……好像只有我们的情况不太一样。"

"那不挺好的吗？你们轻松，我们也能放心些，对吧？"

明人说的话很有道理。

虽然从惠那里搜集到了女生的信息，但还是有绝大部分看不到的东西。

波瑠加和爱里待在一个组里，而且进展顺利，没有什么问题的话，我们也能更好地集中精力在我们自己的事情上。

4

我们迎来了林间学校生活的第六天，已经到周二了。这个时候，男生中出现了一些奇怪的声音。

怀念异性。

这种声音。

也许是心理作用，总觉得期待晚餐时间的男生变得多了起来。

确实，身边只有男生的话虽然使人更能静下心来，但总觉得生活少了点颜色。

"啊……烦……身边尽是男生，我都要疯了。"

"如果我们待在男校，可能已经无聊死了。"

我们小组也不例外，出现了这样的想法。

"总之光有男生的话就会很臭。"

男生会有汗臭的刻板印象挥之不去。

或许我们该感谢现在不是夏天，实际上有汗臭的男生并不多。但从我个人角度来看，身边只有男生的话可以让人静下心来，这一点很重要，所以我再强调一次。

"嘶……我的腰……"

启诚正擦着东西，突然，他发出一声悲鸣，当场蹲了下来。

不管每天要上什么课，打扫卫生和做早饭的任务都少不了。

身体没有那么结实的学生也差不多该到极限了。

说过对自己的体力没有什么信心的启诚正在与疼痛做斗争。

清扫范围很大，特别是对我们这种人少的小组来说，要是一个人受了伤，想弥补这个劳动力缺失就必须付出加倍的努力。

"别说什么腰疼，好好干你的活。"

石崎凑到启诚的身边，想强行拉他站起来。

"知……知道了，我会好好做的，你放开我的手。"

"认真干啊。"

说完这么一句以后，石崎回到自己的工作岗位。

启诚想立刻开始清扫，但身体不听使唤。

特别是扭伤了的脚明显没法好好动弹。

"嘶。"

启诚忍不住发出了这样的声音。

他强忍着疼痛，但这样勉强自己的话也会影响明天的发挥。

"你稍微休息一下吧，我来替你做。"

没有办法了，我决定包下启诚的清扫范围。

"抱歉，清隆。"

"有困难的时候就该互相帮忙。"

这下事情应该就得到解决了。

但是。

"你这家伙，刚说了会自己做的吧。"

石崎看不过去我伸出援手这件事情，斥责道。

但始终没有看向我。

"我会帮他都做了的。"

石崎并不满意我的这个回答。

只是一个劲儿地略过我，对着启诚说狠话。

"你是负责人吧，只不过是打扫个卫生别这么叽叽歪歪的。"

"……我知道。"

启诚有责任心，被如此为难以后只能这么说。

"你知道个屁，现在不还是要拜托别人，我这么说你别不乐意，有本事你就自己做啊。"

"……好，我自己做。"

"就该这样，绫小路你绝对不能帮他。"

石崎第一次将话头对准了我，但又立刻逃开了。

"如果他因此受了伤怎么办？"

"那就等他受伤了再说。"

石崎就算知道这样下去对小组没有好处也不同意我帮启诚。

阿尔伯特默默走近石崎，想告诉他什么事情，但石崎完全不想听。

"不好意思，清隆，看来只好我自己坚持下去了。"

他应该是害怕如果不这么做，小组的气氛会恶化吧。

这几日，石崎越发看不惯启诚的态度。

所以今天才无法容忍启诚去借别人的力量来完成任务。

启诚也是因为明白了这一点所以才听石崎的话，决定自己来做。

但是如果不顾自己的身体状况乱来，可能会付出巨大的代价。

就算他今天坚持下去了，明天的情况如何谁也不知道。

综合考核时有好几个像坐禅和长跑接力这样需要消耗体力的项目。

到那时，可能会比现在还要痛苦折磨。

希望石崎也能理解这一状况，可事情并没有这么简单。

"喂，石崎，你是不是说得有点过分了。"

弥彦看不下去了，呛声道。

"是他不对吧？连好好打扫都不会。"

"这不用你说，那个家伙呢，你有本事也警告警告他。"

弥彦指着从第一天开始到现在，一次都没有打扫过的高圆寺。

"那个家伙听不懂人话，我没那个闲工夫去和大猩猩计较。"

石崎并非没有警告过高圆寺，已经多次说过他。

但高圆寺不为所动，石崎只能放弃。这么说来，启诚和高圆寺的差别可能在于能不能正常对话。

"不服气的话你去说他呀，虽然只是浪费时间。"

"那……好，说他就说他。"

弥彦抓起手边的一个扫帚，走到高圆寺旁边。

"你们就看吧，肯定没用。"

石崎轻蔑地笑道。弥彦气势汹汹地把扫帚拿到高圆寺面前，要他来打扫卫生，但纠缠了几分钟后，人反而变得疲惫不堪，只得放弃。

就算这几天待在一个小组里，本质上还是敌人，不可能劝说成功。

早点解散小组恐怕是大部分组员的心声。

但重要的是，并非所有小组都像我们一样关系不融洽，也有些小组看上去亲如一家。不光是一年级，连班与班之间的关系早已经固化的高年级也是如此。

他们应该知道现在只有通力合作才对自己有利。

这就是能看清楚未来和只受当下厌恶感驱使行动的学生之间的区别。

只要能力没有压倒性的差距，谁胜谁败并不难猜测。

"啊……我干不下去了，这太傻了吧，为什么我必须和其他班的家伙搞好关系啊，对吧，阿尔伯特？"

阿尔伯特没有表态，石崎自顾自地继续说：

"我真的讨厌死这个小组了，像个猩猩一样的高圆寺、长跑都跑不动还一个劲叽叽喳喳的幸村、傻兮兮的B班和什么都不做的A班，一群笨蛋。"

石崎啪的一脚将扫帚踢飞。

"你骂就骂了，认真给我打扫就行。"

"闭嘴，也没见高圆寺打扫啊，我为什么要打扫？"

"那你就没有资格说幸村。"

桥本说道。但石崎没有在听，他已经放弃打扫了。

石崎只留下这么一句"我去厕所"，便转身离开。

启诚无法制止，闭紧双唇，十分懊恼。

"启诚，你最好不要选择继续扛这个担子，只剩最后这一两天了，什么也改变不了的，要是现在做出错误判断，以后可能会后悔。"

我这么建议，不对，是再次提醒他。

"这我知道，但我只能继续做下去，要是拜托谁的话，石崎会越来越远离我们小组，我什么都不做的话，我们就更可能沦为最后一名了。所以，就算勉强自己我也只能继续做下去，不是吗？"

如果选项只剩下了启诚所说的那一个，那么这确实也是没有办法的事情。没有路就必须造一条新路出来。

但是，能造出来这么一条新路，也就是一个全新选项的人，并非启诚。

是更加了解这个小组，能够帮到别人的人才。

我看向默默继续打扫的桥本。在第二天，他制止了和高圆寺争吵的石崎，自始至终保持适当的距离维系好小组成员间的关系，长跑时的表现也十分完美。虽然不知道他和坂柳、葛城的关系如何，起码能力不低。如果与他敌对作战，可能比好战型的坂柳和防御型的葛城还要难以看穿，不好对付。

"那你别忘了还有我在，为难的时候我会尽可能帮你的。"

"谢谢你，清隆。听你这么说我觉得自己已经轻松一些了。"

如果这样就能帮到启诚，要我说多少次都可以。

5

在那之后的课上，我们小组的状态也实在算不上好。

心里觉得内疚的启诚作为负责人无法正常地下达指令，石崎也不和阿尔伯特以外的人说话。

唯一有可能和和气气待在一起的吃饭时间，连人都没有聚齐。我还是暂时忘记男生的事情吧。

反正我没有能为这个小组做的事情。

虽然能给身处痛苦之中的启诚和与人产生纠纷争执的石崎一些建议，但我并不打算直接行动提供帮助。

这是我淡出班级等级战的一步，不能牵扯过深。

我想起了波瑠加和爱里的事情，还得再搜集搜集女生的动向信息。

但是我并不能如此频繁和惠接触，一方面她应该也有自己必须做的事情，另一方面相似的状况多次发生也会让人起疑。

而且，我现在需要的并非一年级女生的消息，而是二、三年级的。向堀北哥哥发起挑战的南云，其真实意图到底是什么？我想要确认这一点。

这样一来，我能接触的人物就更少了。

冒险和桐山接触或许能得到一些提示，但副会长桐山这次和南云在一个组里，就算他内心憎恨南云，应该也不会说出对他不利的事情。

换个角度，我想从南云意想不到的人物入手。

我想到了一个人。

之前让惠帮我调查过一个二年级女生的信息。

这个人就是"朝比奈莱津奈"。

她和南云雅同属 A 班，且和南云个人关系亲密。

我好几次在这个偌大的食堂里见过正在和朋友吃饭的朝比奈。

现在我也正在离她不远的地方关注着她的动向。

她虽然不属于学生会，但在班里的感召力较高，对南云的影响力也不小。除了她还有好几个与南云关系亲密的男女，但我为了获取信息选择朝比奈的原因有二。

其一，虽然外表看上去不甚精致，但因讲义气且知恩图报而广受好评，而且她并不崇拜南云。

其二，她和我有过"偶然"的接触。

南云的信息之所以难以搜集，在于几乎二年级的所有学生都支持他，贸然接触的话，反而会使得我这边的消息被捅出去。

从这一点来看，我有必要尽可能找到一个不会泄露消息的人。

因此，"偶然"的接触会成为我一个重要的武器。

只有我知道的信息，只有朝比奈能理解的信息。

就让我利用这偶然的产物吧。

这个偶然，即"护身符"。

之前我偶然捡过她掉落的护身符，那个时候我没有多想，只是把它交给了宿舍楼的管理员，但这个遗失物好像对她来说十分重要。

证据就是，她把它带到了林间学校。

我看过她将此物戴在身上，寸步不离。

偶然产生的联系有时比刻意制造出来的东西更加强大。

不管能不能利用这个偶然引出南云的消息，我还是得去试一试，而且正因为在林间学校里，接触起来也更加容易。

现在的问题在于，如何将间接联系转化为直接接触。

太过刻意接近朝比奈的话，就算她本人不去，她周围的人也有可能向南云报告，这是我极力想要避开的。

我一直在等待时机，但晚餐时间朝比奈身边几乎都有人，我没能找到只有她一个人的时候。

　　然后今天，这个千载难逢的机会终于到来了。

　　"我去趟厕所。"

　　朝比奈在晚餐中途开口说道。没有人和她一起，这对女生来说是一件少见的事情，我立刻追在她后面。因为不想耽误她上厕所，所以在她回来的路上乖乖地等她。

　　能和她说话的时间，最长只有五分钟左右。

　　再长的话，她本人可能会厌烦。

　　在这短短的五分钟内能和她缩短距离到哪个程度还是未知数。

　　总而言之，我必须强调这只是个偶然的相遇。

　　不久，朝比奈回来了。

　　左手手腕上和往常一样系着那个护身符。

　　我装作无意间和她擦肩而过。

　　"咦？"

　　听起来既像是在和她说话，又像是我的自言自语。

　　于是乎，朝比奈不由得停住脚步回头看我。

　　如果我在这里不做出反应，朝比奈可能以为是我在自言自语而走掉。

　　我立刻展开行动。

　　"啊，对不起，我以前好像在哪儿见过这个护身符，不由得……请不要放在心上。"

　　说完，我做出要离开的样子。

如果她没有回复，我已做好准备再度提起话头。

"但这种护身符学校已经不卖了。"

顺利得到回复，那就让我继续下去吧。

"是吗？难道以前你的这个护身符在哪儿丢过？"

我这么一说，朝比奈应该立刻就懂了。

"难道……是你捡到我的护身符？"

"我之前确实在回宿舍的路上捡到过……什么时候来着……"

我特意没有具体说明时间地点，假装自己不记得了。

"应该没有弄错，原来是你啊。"

朝比奈笑着向我靠近。

"谢谢，我发现丢了的时候特别难过来着，在那之后因为害怕再丢，就这样戴在身上。"

她有些羞涩地看了眼自己的手腕。

"这个护身符是我入学以后买的，也不是说对它有多深的感情，怎么说呢，算是精神支柱？有它在手边就会特别安心，丢了的时候就会觉得有什么坏事要发生，人都变得坐立不安。所以知道有人拾到它的时候特别开心。"

护身符起到的就是这种作用。

"没想到捡到它的人是你。"

"学姐认识我？"

"我是看了你和堀北学长的接力比赛以后认识的，

前段时间雅，这么说你应该不认识，南云学生会会长还和你搭话了对吧？"

"难道学姐也在场？"

我自然是知道的，那个时候一之濑也在列。

"嗯。"

就假装我除了今天都没有注意到朝比奈的存在吧。

要是她知道我以前就认识她，对我的戒备也会增强。

就像偶然拾到她的护身符那样，必须将这次的擦肩与相遇都伪装成偶然。

"我虽然在跑步方面对自己有点自信，但说实话其他方面完全不行，南云会长好像误会了什么，才把目光放在我身上。"

我装出为难的样子说道。朝比奈听到后一个劲地点头，表示她十分理解。

"与其说他尊敬堀北学长，倒不如说把学长当成了目标，在那场接力赛的时候觉得自己没被学长放在眼里，是嫉妒你了吧。"

我感觉不到朝比奈话里有话。

不管她人是好是坏，总之性格是坦率的。我决定再深入一些。

"要怎么做南云学长才不会一直盯着我啊？"

"要不然你打败他试试？他正得意忘形着呢，你挫挫雅的锐气，让他闭嘴，我倒是也挺想让他失败的。"

她笑着说，这当然只是玩笑话。

但我特意捡起了这个话头。

"原来如此，这也是个办法。"

听到我的回答，朝比奈表情立刻呆滞了，看了我一眼。

几秒钟过后，一股脑冒出了一长串的话：

"啊哈哈哈！讨厌，我是在开玩笑啦，你没听出来？"

要笑哭了的朝比奈啪啪拍打我的肩膀。

"南云被打败了的话，学姐也会不好办？"

面对以为我只是在开玩笑的朝比奈，我稍稍加强了语气。

如果她是会把这件事报告给南云的那种人，也没有什么关系，不过是一个狂妄的一年级学生而已。

"你是认真的？"

"学姐刚刚是在开玩笑啊。"

"不是，那个，我怎么能和一年级学生说三道四呢。"

她为自己开玩笑的事情表示歉意。

但我毫不在意，用刚刚的语气继续说道：

"在我见到的二年级学生里，我觉得朝比奈学姐看起来最正常。"

"……最正常？"

"因为想从被南云雅支配的二年级学生那里得到消息很难。"

"你可真敢说，我也是二年级学生，并且和雅的关系相当密切。"

"这和密不密切没有关系，关键在于受了他多少影响。"

不管行事方法有多不同，只有在一个班里，就不会是敌对关系。

不管她怎么看待南云，应该都不希望有对班级不利的事情发生。

"不过我觉得关系密切与受他影响差不多。"

"我说的这些不过是一年级学生的戏言。"

我低下头。

"那我就先告辞了。"

"啊，等一下，你就这么走了的话，好像是我做错了什么似的。"

她叹了一口气，将脸上的笑容收起来。

"我明白你不是在开玩笑，所以作为我的道歉和你捡到我的护身符的谢礼，我可以回答你想问的问题。"

"这样好吗？有可能会对南云学长不利哦。"

"说实话，我觉得就算我告诉你了，事情也不会发生变化。"

看来她确信就算把二年级的情况告诉了我也不会对局势有影响，也就是说她能给我的也只是没有什么意义的信息。

但我已经十分感激了。

"二年级的女生中，有多少和南云学长关系密切？"

"关系密切的女生？几乎所有？反正女生比男生更信赖雅。"

虽然我知道这么直接问的话她不会多说什么，但这个范围也太广了。

"忠实听从南云学长命令的主要成员是？"

"你觉得我会把这个都告诉你吗？"

"学姐作为前辈，稍微给我这个一年级学生透露一点也没关系吧？"

"你居然会说这种话，真是狂妄。"

她笑了，但并非厌恶的那种笑。

"这话由我来说可能不太合适，但我告诉你，二年级整体的凝聚力不低。我们比一年级和三年级分组都要快对吧？那是因为在大巴上听了老师的说明以后，在雅的指示下我们很快就实现了全年级的信息互通。"

本应该处于敌对状态的二年级各班，果然成了半敌半友的关系。

朝比奈透露出了各班领导人的名字。

四个班级在大巴里相互联系，基本决定好了小组的分配。

女生小组划分也同样进展顺利。

"那与一年级、三年级小组合并的时候呢？随便决定的吗？"

男生的大组分配方法是按照南云的提议，由一年级进行选择。

"嗯？大部分是这样？"

"大部分，意思是有一部分不是这么决定的？"

朝比奈架起胳膊，陷入了思考。

"……怎么分的呢？"

朝比奈心中也有了疑惑。

这个疑惑没有立刻解开，沉默在持续。

"是不能告诉我的事情吗？"

"不是，有个二年级女生在合并大组时提了点自己的意见，进行了些许调整。那个小组，主要由为雅所用的成员所构成。"

小组按照南云的指示组成，那么有可能被安排了特殊的任务，不知道二年级内情的人是搞不懂的，在作为旁观者的一、三年级学生看来，她们只是关系好的分在了一起。

"被选进那个女生所在大组的一年级和三年级学生中有什么显眼的人吗？"

"一年级的事情我基本不清楚，但三年级学生里有当过堀北学长书记的橘学姐来着，啊，不过负责人是其他人。没有什么奇怪的事情，雅说过他会堂堂正正地和堀北学长对决。"

"学姐真是信赖南云学长呢。"

堀北哥哥好像也对南云说的话有一定的信赖。

如果我相信堀北哥哥和朝比奈，这一连串的怀疑就都成了假象。一边和人约定要堂堂正正地比赛，一边在背地里耍手段，会让对方陷入疑神疑鬼的状态，从而削弱对方的注意力。

"因为他说到做到，不会在暗地里做什么见不得人的事。说起来，女生组里发生什么事情，和堀北学长与雅的比赛没有任何关系吧？"

"是的，确实没有关系。"

朝比奈有疑问很正常。

南云提议的是和堀北哥哥组进行对决，与女生无关。

因此，就算橘所在的大组里有许多和南云关系亲密的二年级学生也没有关系。

似表非表，似里非里，表里不一。

难道他和同一个大组里三年级石仓学长的接触还有那些意味深长的话都只是表象？

有一种在湖面探寻，飘起几片树叶，又沉下去消失不见的感觉。

真是有趣的策略。

和坂柳、龙园不同，这种策略有南云的独特风格。

"要我说的话，谁在意谁就输了。"

"谢谢，帮了我大忙。"

我向听我的无理要求，还将内情告知我的朝比奈表示感谢。

当然了，朝比奈一点都不觉得这些会对雅产生任何阻碍。

因为她从来没有想过我能成为南云的对手。

"你加油让雅吃上一惊，我还有点期待。"

"啊，顺便再让我问一个。"

"嗯？"

把从朝比奈得到的消息和惠提供的信息结合在一起，正确性也能增加，我稍微往深处问了问。

6

在糟糕的小组氛围中，我们迎来了第六天的夜晚。

就这样结束这一天的话，恐怕我们小组不会再迎来转机，恶劣的成员关系将永远持续下去。

难以在两天后的综合考核中取得高分。

洗完澡，回到房间，室内的气氛直接降到了前所未有的冰点。

石崎将自己封闭起来不和任何人说话。

启诚也强烈谴责自己，缩起来，一句话也不说。B班的学生为了活跃气氛一直在闲聊，但最终还是无法忍受周围沉重的气氛，陷入了沉默。

　　终于快要到熄灯时间了，弥彦确认过后，关了房间里的灯。

　　为了早点结束这一天。

　　"石崎，可以听我说两句吗？"

　　桥本打破了在黑暗中持续已久的沉默。

　　"不可以。"

　　石崎拒绝了桥本。

　　听他床单的摩擦声，应该是翻身背过去了。

　　"再这样持续下去的话，这个小组恐怕就太悬了，人少虽然有好处，但也有好几个对我们不利的考核科目，最差的情况是幸村和某个人要退学。"

　　那个时候被拉着垫背的有可能是石崎，他的潜台词是这个。

　　"吵死了，退学就退学。"

　　"哎……"

　　桥本想给个台阶让石崎下，但石崎拒绝了。

　　桥本叹了口气，好像要放弃了。

　　"……呼……"

　　桥本的表情隐藏在黑暗中。

　　这个小组的机能已经无法恢复了啊。

　　就在所有人都要放弃的时候。

　　"我小学和初中都是足球部的，是在那种名校中，每年都有无数人抢着要进的队伍里。我虽然不是最厉害的那个，但也作为正式选手参加过比赛，发展还是不错的。"

桥本再度开口，但并不是和特定的某个人说话，而是和房间里的所有学生。

"你现在不是足球部的吧，但看你不像受过伤的样子。"

弥彦在黑暗中指出自己不明白的地方。

"啊，我有一段吸烟的历史，虽然现在已经不流行这个了。"

"你吸烟的事情败露，然后退部了？"

"没有，我隐藏得很好，没有被发现，知道这件事的只有我的家人。"

"虽然吸烟很差劲，但这也不是你放弃足球的理由吧？"

弥彦的这个疑问合乎道理，只要没被发现就不会有问题。

"是我自己感受到了疏远，在大家团结一致、以称霸全国为目标时，我却冷眼看着这一切，提不起兴趣，最后实在待不下去了，而且我可能也没有那么喜欢踢足球。所以我断然离开了足球部，开始专心学习。原本我脑子就不坏，所以学习对我来说也不难。"

"你是在炫耀吗？快闭嘴吧！"

石崎厌恶地吐槽道。

"不管怎么说，擅长与人打交道是我唯一的可取之处。但有时候还是会后悔，看到在操场上勤奋练习的平田和柴田，就会想到我本来也会站在那里，可明明我没有那么喜欢足球，真是不可思议，不是吗？"

自嘲般笑出声来的桥本。

"你呢？你小时候是怎样的，石崎？"

"你说什么呢？干吗把话题甩到我身上？"

"不由得。"

"我……我没什么好说的。"

石崎再次拒绝。

启诚开口，加入了这黑暗中的对话。

"我从小开始就光顾着学习了，大我好几岁的姐姐目标是成为一名老师，所以我总被命令扮演学生。在我小学的时候就经常给我出一些难度颇高的题目，是一个相当乱来的姐姐。

"所以你学习才这么好？"

桥本想要引出下文。

"啊，但我不擅长运动，不论做什么运动几乎都是最后一名。所以我决定不去提升自己的短板，而是只发挥自己的长处，因为我觉得除了要成为运动员的人以外，其他人提高运动能力没有任何意义。进入这所学校以后我产生了各种各样的疑问，我一直坚信擅长学习的自己拥有和Ａ班相称的能力。"

就像为了回忆起那个时候的事情一样，启诚停顿了一会儿，陷入思考。

但启诚被分入了 D 班。那时，他应该无比绝望吧。

"那之后也净是我无法理解的事情，不理解为什么全班要负连带责任，无人岛的生活更是让人摸不着头脑……我们班的须藤和我完全相反，擅长运动但学习不行。我最初觉得他只是个累赘，但无人岛和体育祭的时候，须藤发挥的作用要比我大得多，我只能在一旁看着他发光发热。"

他的声音中渗出懊恼与悔恨。

"说实话我现在还有无法理解的部分，但我也渐渐懂了一些东西，光是会学习，或者光擅长运动，都不行。这次考核也是一样，如果这两项都不厉害，是无法取得好成绩的，不是吗，石崎？"

启诚将话头抛给石崎。

"都说了干吗要……"

"我现在和无人岛、体育祭的时候一样，充满了屈辱感，我拉了小组的后腿，身体不适，增加了大家的负担，更严重的是使大家的士气消沉。石崎你虽然有怨言，但是在小组里发挥出了不同寻常的作用，而我什么都没有向你表示。"

石崎本想挖苦启诚，但说不出话来。

什么也看不到。但正是这看不到对方表情的黑暗，让人看到了一些东西。

"石崎，对不起……本来应该起模范带头作用的负责人是我这样的一个状态。"

启诚在哭，虽然已经极力隐忍了。

但谁都没有愚蠢到去指出这一点。

启诚并不是因为想哭才哭的，这是悔恨的泪水。

"你干什么啊，为什么要道歉……责难你的是我……"

石崎嘲笑自己，然后接着说道：

"说起来，只有你愿意当没人愿意当的负责人。"

就算是被强加在自己身上了，也可以选择拒绝，石崎就拒绝了。

现在石崎终于认识到了接下负责人重任的启诚的诚意了吧。

"虽然听你指挥让人觉得很不爽，但如果没有你那些指示，我们小组的情况可能会更加糟糕，不管是做早饭还是长跑的时候。"

"没错。"

桥本笑着说。

会学习的学生、不会学习的学生、擅长运动的学生、不擅长运动的学生。

有了各式各样的学生，才能组成一个团体，一个班级。

我们不一样，所以我们存在。

弥彦和其他学生也慢慢地开始加入对话。

这一天晚上，我们第一次有了一个小组的样子。

我感觉到了这一点。

失去之物，未失之物

到了集训第七天的清晨，也就是小组一起行动的最后一天。

考核在明天早晨开始，多亏了桥本，我们小组破镜重圆，但伴随着明天考核的结束，凝聚力增强了的小组关系也将迎来结尾，大概有不少学生觉得有些不舍。

虽然组里大部分学生依旧讨厌高圆寺，但其他人之间的隔阂算是消除了。石崎讨厌我的程度应该比高圆寺还要高，可他尽力不表现出来。他应该想逼问我些什么，但他也知道这么做的后果。

他一点就着的性格和粗暴的说话方式虽然和须藤相似，但论察言观色的能力还是石崎要高一些。尊重对手，承认对手的优点，可能也正是因为如此，龙园才把他留在身边。

不过这并不是说须藤就没有石崎厉害。

论身体素质绝对是须藤占上风，而且恐怕现在须藤的学力也比石崎要高一些。他一直以来都在接受堀北的指导，今后学力还会一点点增强。二人虽然性格相似，但各自拥有的能力并不相同。

"关于明天的长跑接力我有话要说，你们听我说一下。"

大家待在床上，将视线转向启诚。

"我们只有十个人，每个人的负担不小，但有可能这反而会成为我们的优势。"

"什么意思啊，人数多的话跑的距离变短，那才轻松吧。"

"十五个人平均分配的话确实每个人的负担不大，但里面很可能会有跑得慢的学生，年级里擅长长跑的学生屈指可数。"

"……确实。"

"也就是说我们有机会缩小差距。"

"但那要以我们所有人都有发达的运动神经为前提吧？"

石崎看向四周，我应该被他纳入了运动神经发达的人里面，要是不算高圆寺，其他还跑得快点的人就只剩下桥本了。决不能说这是一个擅长长跑的小组，更何况……

"说来惭愧，我在这儿一本正经出主意，自己却派不上什么用场。"

启诚自己最清楚，这个小组里体力和耐力都欠缺的就是他自己了，但作为负责人，他需要出谋划策。

"长跑接力的距离是十八千米，规则是每个人必须跑一点二千米，他们十五人的小组，每个人都同样只能跑一点二千米，但我们十人小组的话就可以很大程度改变任务的划分。"

"就算以受伤为理由不参加考试，也不能由别人完成他的那一部分吧？"

"当日因受伤或生病而缺席会受到惩罚，不光是人数上不利，还会加长所用时间，事情没有那么简单，而且两个人交接的地方必须是每隔一点二千米处。"

学校极力消除了可以钻的空子，要正正当当地完成的事情就必须正正当当去做。跑得慢的启诚和弥彦两个人就跑规定最少的一点二千米，B班的三个人大概也只能跑一点二千米，阿尔伯特虽然速度不慢，但体力有限，这六个人都只跑最短距离的话，剩下的四人每人平均要跑二点七千米，擅长长跑的学生在这里应该可以和其他班拉开很长的距离，启诚说的计策和我想的一样，大家静静地听完。

"那我跑三千米……三点六千米试试。"

石崎主动表示道。他毫无疑问是小组成员当中跑得快的人之一，另一个人也跟在他后面举起了手。

"既然如此，我也只能上了，反正也不是不擅长长跑。"

是桥本。小组的两个代表人物径直接下了不小的任务，一共七点二千米。

"谢谢。"

启诚低头表示感谢。

按这个流程，我也必须表示点什么。

"那……我也尽力而为,虽然不知道自己能争取多少时间。"

"可以吗,清隆?"

"你别太期待就好。"

重要的还在后头,拥有最高潜力、运动神经也称得上是年级第一的,只有须藤能与之匹敌的高圆寺。

高圆寺跑得越长,其他人也就越轻松。

他应该会完成最低限度的一点二千米,但还不知道他会不会跑更长的距离,甚至谁也无法保证他会认真跑完那一点二千米,就算包括我在内的九个人拼尽了全力,而高圆寺慢悠悠地走着,不认真参与的话,那就太绝望了。

"高圆寺,我希望你也能跑起来。"

启诚知道自己是小组最大的累赘,所以把姿态放得极低,对着高圆寺低下头。

而高圆寺则待在床上盯着自己的指甲冷笑。

"高圆寺。"

启诚再次冷静地呼唤他的名字。

"我当然会跑,但不想和他们一样跑那么长的距离。"

高圆寺的回应并不爽快。

石崎瞪向高圆寺,但没有立刻开口顶撞他,这几天他开始理解高圆寺的行动,也明白做这种事情没有任何意义。

"我希望能够规避沦为最后一名的风险。"

"是啊，我明白你的意思。眼镜同学。"

高圆寺将视线从自己的指甲移开，俯视启诚。

"就算你不能跑更长的距离，基础的一点二千米希望你能好好跑完。"

大家都看向高圆寺。

"我无法向你保证什么。假如这个小组沦落到了最后一名，退学的也不会是我，只会是身为负责人的你。你不会做拉同班同学下水的这种非人道行为，对吧？"

如果负责人不是启诚，而是石崎或者弥彦，高圆寺还有可能好好跑。

他知道同班的启诚不会选他一起退学。假设在这里威胁他不合作的话就拉他退学，高圆寺有极小可能答应好好跑，但更有可能拒不合作。

"……那你告诉我，要怎么做你才肯同意，你要个人点数的话，我可以给你。"

知道自己拉后腿的启诚打算自掏腰包。

"你不要一个人承担，我也有些个人点数。"

"我也出一部分。"

桥本跟在石崎后面说道，弥彦他们也表示了赞同。积土成山，九个人也能凑到不少的个人点数。

面对小组全体注入了压力的请求，高圆寺……

"不凑巧，我不缺个人点数，而且，没有点数我也能度过充实的校园生活。"

小组成员的想法完全没有传达给他。

一点点钱果然没办法打动他。

要他为班级努力更是白搭。

这几天为了说动高圆寺，包括我在内的所有成员已经绞尽了脑汁，还有其他年级介入，但全都以失败告终。

"意思是你不会好好跑？"

"会不会呢？"

稍微想了一下，高圆寺又说道：

"我好像帮不到你们。"

高圆寺拒绝了。

一直都在忍耐着的石崎站起身来想要靠近高圆寺，但被启诚制止了。

"但有一点你们尽管放心，我虽然不打算做更多的事情，但最低限度的事情还是会完成的，我也有自己的原则。"

"……你的意思是你会取得一个差不多的成绩？"

"是啊，我的话，就算是做最低限度的事情也会留下一个相当优秀的成绩，这对你们来说是个好消息吧？"

其他九个人应该都从高圆寺的话里感觉到了什么。

他多少产生了作为一名小组成员的自觉，开始为伙伴着想。

　　但实际上完全不是这样，我所知道的高圆寺只会为了自己而行动。

　　迄今为止的所有考核里，高圆寺都在做一些荒唐至极的行为。

　　但都不至于使他退学。

　　高圆寺知道启诚百分之九十九不会拉他垫背，但还是有可能的。而且，倘若留下一个过于明显的坏成绩，学校也不会放过他，被选为一起退学的人的时候他就无处可逃了，这个男生不会犯这种错。

　　"优秀的成绩？你平常连坐禅都不好好完成，还能干点什么？"

　　"哈哈哈，坐禅什么的，我小时候就会了，no problem。"

　　"小时候是什么鬼？"

　　听到吐槽，高圆寺愉快地连声笑了出来。

　　虽然如此，但对启诚来说应该已经足够了。

　　高圆寺没有同意与我们合作，但他保证了会完成最低限度的事情，这很重要。因为和高圆寺在一个班，所以启诚知道高圆寺潜力之高，坐禅和笔试尚且未知，但论长跑这种需要体力的东西，他还是值得信赖的。

1

　　解决掉一个问题，接下来是清扫时间。

　　启诚像往常一样正要开始打扫，石崎夺下了他手里的抹布。

　　"稍微休息一下，要是你跑不了接力的话，更给我们添麻烦。"

　　"可是……"

　　"你休息吧，努力参加笔试就行，能拿一百二十分吧？"

　　"……啊，一百二十分虽然不可能，我会加油拿到一百分的……"

　　石崎懂得了成员之间相互帮助的重要性。启诚表示感谢，在旁边坐下。

　　"还挺会照顾人的嘛，混混同学。"

　　"高圆寺你给我闭嘴，小心我要了你的小命，从第一天开始到现在，你一点活都没干吧！"

　　"好像是这样的？哈哈哈哈哈。"

　　手上既没有抹布也没有扫帚，高圆寺悠闲地散着步。

　　二年级还有三年级也在看着，但他还是满不在乎地为所欲为。

　　"那个家伙有病吧？有他在你们班，你们还能往上走吗？"

　　D班都开始为我们担心。

　　"……没有信心啊。"

　　启诚迫切希望升到 A 班，但有高圆寺在果然让人颇为不安。

　　明天的综合考核，高圆寺的行动对结果的影响不小。经过早晨的讨论，他和我们约定了会完成最低限度的事情，但他并没有绝对保证，也可能会在我们看不到的地方偷懒。

　　如果他像不参加打扫一样不参加最终考核，我们小组沦为最后一名的可能性很大，现在睁一只眼闭一只眼的高年级学生到时候不会善罢甘休。

　　我虽然觉得高圆寺心里有数，不会做这种事情，但鉴于他不按常理出牌的性格，也还是要警惕他会做超出我预期的事情。

　　石崎可能察觉到了启诚的不安，走近启诚。

　　"别担心，只要我们补上他那份就行了。"

　　"这句台词和你不太搭啊，才一天，你懂事了很多嘛。"

　　"桥本你给我闭嘴，有意见吗你！"

　　"意见是没有的，小组排名会影响到我的计划，所以我也希望排名尽可能靠前，是吧，弥彦？"

　　"……既然到了这么一个棘手的小组，就只能尽全力去做了，成绩不好的话会让葛城老大失望的。"

　　面对以葛城为中心进行思考的弥彦，桥本露出了苦笑，拍了拍他的肩膀。弥彦也知道自己在长跑等运动方面会拉后腿，虽然说这说那的，态度比起以前可是好了不少。

"我按照坂柳的指示多次和葛城作对，以为你会看不惯我，但没想到这次我们成了真正的伙伴，就让我们暂时忘记以前不和谐的关系吧。"

"嗯？真正的伙伴？"

弥彦虽然没有直接拒绝，但对桥本的信赖度并不高。对于葛城一直被同班同学阻碍这件事情，他还是有无法原谅的部分。

"这次将葛城老大推为负责人的是你吗？"

"和我无关，那是按照的场方案来的。"

桥本予以否认，不过弥彦并没有接受。

尽管如此，他还是作为小组一员全力配合小组行动这一点，值得赞扬。

2

综合考核前的最后一顿晚餐。

我向拿着托盘走在食堂的一之濑打了声招呼。

我并不是特意要搜集什么信息。

只是因为不知道为什么，我总觉得今天的一之濑和往常不太一样。

"你在发什么愁吗？"

"嗯？是绫小路同学啊，没有啊，我只是在想一些事情。"

"看来你在面对难题啊。"

一之濑本要离开，但突然停住了脚步。

"明天就是综合考核了，你怎么看待这次的考核？"

"你这个问题可是问得相当模糊。"

"我想知道你最直接的想法。"

"和以前的考核不同，更加严格了些，退学的风险也不低。"

"是啊……进入了第三学期，难度上升也很正常不是吗？"

"也许吧。"

"说起风险，不是有负责人这个制度吗？成为小组负责人的那个。"

"嗯。"

"当负责人虽然风险很大……但要想赢的话自己成为负责人也很重要对吧？"

我没有否认，继续听她说。

"就算规则说什么有退学的风险，总觉得这是一件飘忽不定的事情，没什么实际感觉……说实话这次考核更多的是我们看不到的东西，但我觉得真正可怕的不是失去班级点数，也不是失去个人点数。"

"……是失去同班同学？"

"嗯，失去伙伴的损失是难以计量的。"

"万一班里有谁要退学了，你打算怎么做？"

"怎么做？"

一之濑抬起头，淡淡地笑了。

"绫小路同学果然聪明呢。"

"为什么这么说？"

"因为正常来说退学就退学了，没有什么可做的不是吗？但是，你知道还有别的方法。"

"我只是想知道你会怎么想……"

"如果只是想知道我的想法，就不会用'打算'这个词了不是吗？应该问我'会怎么样？'，或者换个问法，说'你们班没关系吧？'等等。"

"抱歉，你高估我了，我只是没用对词而已。"

"就算是这样，你的'直觉'还是值得赞扬的。"

一之濑表示自己说多了，和我告别后径直走开，看来一之濑也有不少想独自思考的事情。在我目送她离开的过程中又有人来和她打招呼，受欢迎也有坏处啊，就算想一个人静静，周围的人也不放过自己。总是笑脸相迎的一之濑，今天和往常很不一样。

"嗯……对不起，我现在不太想说话……"

明显没什么活力的一之濑无视了两名平时玩得好的女生，继续向前走。

"抱歉，因为各种各样的事情，我今天想一个人静静。"

这明显的不是演给别人看的。

她现在的状态可以说和集训刚开始时完全不一样。

看到这一幕的我明白了，坂柳应该开始行动了。

这次的考核会产生纠葛的果然不是男生，而是女生。

3

真到了综合考核的前一天，状况可以说发生了极大的变化。

食堂整体的氛围虽然和往常没有什么不同，但高兴的人和心情低沉的人之间的区别十分明显。主要就是小组间关系不错的人和关系不好的人之间的区别。

我走向走廊，看到惠正倚着入口处的墙壁。

在我们二人擦肩而过的时候，她若无其事地将一张小纸条塞给了我，然后立刻走进了食堂，应该是要和朋友会合，一起吃饭。和她分开后，我看了一眼纸条，然后将它撕碎，分开扔在了校内各处的垃圾桶里。

看样子有一个人忍耐了一周，终于临近极限了。

我离开食堂，向校舍方向走去。

我让惠留意的人正为了找到能够独处的地方而在徘徊。

在这次的集训里，能够独处的时间非常有限。

半夜虽然可以，但长时间不在房间里会被发现。

因此，符合条件的只有大家都去食堂的时候。

我跟在她身后，发现她蹲在地上，把自己的身体藏起来。

她没有意识到我的到来，正在低声哭泣，看到这一幕，我有一瞬间不知道该如何是好。

不管这是一个多么难以被人发现的地方，还是不确定何时会有其他学生出现，既然如此，我还是早点把事情解决掉吧。

"你要是受了什么委屈，不应该和堀北……原学生会会长商量吗？"

"谁？！"

少女抬起头，是三年 A 班的橘茜。

意识到自己哭泣的样子被人看到了，她慌慌张张地擦掉眼泪。

"怎……怎么了？"

"不怎么，正如我刚刚说的一样。"

"我……我没受什么委屈。"

"没受委屈还哭的话，也是有问题的。"

"我没有哭！"

橘转头不看我。

她没有立刻离开是因为她知道，到了光线强的地方，她充血变红的眼睛和泪痕会更加明显。

"我也有想一个人待着的时候。"

"我们确实几乎没有什么私人空间。"

硬要说的话也就厕所之类的了，但待的时间长了也不自然。

毕竟会被不少学生看到自己的身影。

"我暂且打算加入原学生会会长堀北的队伍。"

虽是谎言，这么说应该多少能增加橘对我的信任。

"即便如此，你也算不上什么战斗力。"

嗯……她这么说的话，我确实也无言以对。只有我在提供信息，这有一定的风险。

"你只需要知道我不会成为你的敌人。"

"你能不能对学长说话尊敬点，一直以来都是因为堀北同学在场我才没说什么……"

比起她的请求，我更在意的是她平时叫对那个人的称呼——堀北同学。

他现在已经不是学生会会长了，所以叫"堀北学生会会长"有些奇怪。

倒是可以在前面加上一个"原"，不过橘这么叫也不太自然。

"你是……一年级的吧？这么轻浮。"

"你看样子相当气馁，是对明天的考核有什么不安吗？"

"我……并没有，只有负责人现在有点不安，但我们小组的关系绝不能说是不好，倒不如说挺好的。"

"那你为什么要在这种地方哭泣？"

"我……我没有哭。"

我指了指她的眼角，她慌忙用指尖去确认眼角是不是还有泪水，意识到那里并没有湿润后，有些生气地瞪向我。

"我担心的是……让我觉得不安的是堀北同学。"

她这句话应该是真的，但并没有诚实回答我的问题。

现在我就不追究这一点了。

"担心啊，他有什么值得担心的？"

"堀北同学……堀北同学一直以来都一个人和二、三年级学生战斗，你应该不理解这种自己一个人对付周围所有人的辛苦吧。"

我就算想理解也理解不了。

"我大概知道南云所率领的二年级是他的敌人，但三年级学生里面也有敌人吗？违抗学生会会长的反乱分子应该不多吧。"

"你是不是把他错认为独裁者了？虽说位居学生会会长，但他绝不是南云那种为所欲为的人，无论是什么考核他都不能懈怠。"

我连听说三年级的内部情况的机会都没有，关于堀北的背景更是一无所知，而且不能懈怠每一场考核又是……

"难道现在三年级的班级之争正愈演愈烈？"

"至少……倘若堀北同学倒下了，我们 A 班就不好说了。"

"还有这种事……"

南云确实也说过，三年 A 班和 B 班的差距只有三百一十二点，若是除堀北哥哥以外的其他人没有什么战斗力，或者 B 班有足够优秀的学生，这个差距极有可能被填补上。

"也就是说他也只是个普通的学生。"

"堀北同学他……算了。"

她抑制住不禁要大声说出什么的自己。

又像是吐出内心懊恼一样，慢慢说道：

"因为我们 A 班的学生总是在拉他的后腿……失去了好多本不该失去的班级点数，连个人点数也……他总是牺牲自己来守护同伴。"

如果橘说的是真的，堀北哥哥就是平田那种类型的人啊，说实话，我看不出来。当然了，既然身为三年 A 班的橘都这么说，那么这在某种程度上应该是事实。他恐怕没有让别人知道自己做的贡献，将很多事情在背后处理，而站在他身边、目睹了这一切的，就是我眼前的这个女生。

"也就是说你是为现在的状况而担忧，所以才心情低落？"

"我也听说了男生的事情，无论是南云向堀北同学发起挑战，还是他因为这件事压力重重，我都知道，但是……我完全帮不到他。"

"能不能帮到忙，要看付出了多少努力吧？"

"这我知道。"

可能是眼角溢出了眼泪，她再次用手腕擦了一下。

这眼泪可能是为堀北哥哥而流的，但也有别的内情。

"你现在受了委屈，不是吗？"

"……没有，一点也没有。"

她否认道。

"真的吗？"

"你真的很烦人欸，我没受委屈！"

"如果……算了，既然你这么说的话，那应该是我弄错了。"

"对，是你弄错了。请你不要对堀北同学说什么奇怪的话。"

"嗯。"

她有些窘迫，警告了我以后便向着食堂方向走去。

看来她无论如何也不想告诉堀北哥哥真相啊。

不过，她的这个决定是错误的，这不是只要牺牲自己就能解决的问题。

"看来我不出手的话，事情就没有转机了。"

我看着橘弱小的背影，确信了这点。

4

深夜。我因为床铺轻微嘎吱作响的声音而醒来，有一个人在黑暗中移动，而就算我现在什么也看不清也知道那个人是谁，是睡在我上铺的桥本。他下了梯子，无声落地，连手电筒都没有拿就出了房间。那之后，我也慢慢起身。

他应该去了厕所，但也有别的可能。

因为在这一周里，桥本并没有起过夜。

我等了一会儿，起身去追他。

万一他就站在门外看到了我，只要我说是去厕所就可以糊弄过去了。

正因为我们两个人是上下铺的关系，所以他只会觉得是自己把我吵醒的。

我小心翼翼地来到走廊。

只有应急灯和从窗外照进来的月光，不过没有手电筒勉强也能向前走。

我看到桥本向厕所的方向走去，身影消失在拐弯处，我迈步追上去。

拐过一次弯后只需要直走就可以到达厕所，但桥本又向左拐了。

看来他并不是要去厕所。

到达一楼的桥本，穿着室内鞋走到了外面，我一边接近他，一边利用旁边的墙壁掩护自己的身影。那里除了桥本并没有其他人，他只是考前睡不着，来外面呼吸新鲜空气吗？还是等待某个人的到来呢？这个问题很快就有了答案。

感到有人正往这边走，我暂时移动到了别的地方。我看到了另一个人的影子，应该就是桥本所等待的那个人。那个影子路过桥本刚刚走过的路，到了外面。

外面没有虫鸣声，正因为如此，人的声音比我预想得还要清楚。

"龙园你来了。"

"你找我到底有什么事？"

"想和你说点事情，在食堂的话你又太惹眼了，只能在深夜把你叫出来了。"

"在最后一天？"

"就是因为到最后一天了，才把你叫出来的，趁其他人睡得最熟的时候。"

"……原来如此，也是。"

综合考核的前一晚，不会有学生熬夜。

所以桥本才把和龙园的秘密会面选在了这个时候。

但龙园和桥本，真是让人意料不到的组合……好像也不是这样。

龙园在无人岛的时候和 A 班扯上了关系，而搭了这个桥的很有可能是桥本。

"我也不擅长拐弯抹角，就直接问你吧，你真的不当班级领导人了？"

"哈哈，你好像不信。"

"至少你被石崎他们打败了这件事，我怎么也不信。"

桥本表示这一点让他心生疑惑。

确实，被石崎打败，这个理由听起来有点假。

"石崎暂且不说，阿尔伯特可是很难对付，正面进攻的话，也说不准谁胜谁负。"

"原来如此，阿尔伯特确实是个威胁，但我所认识的龙园翔不要说害怕这样的对手了，应该会时刻思考该如何进行反击的啊？"

桥本的怀疑没有被打消，反而可以说更强烈了。

"我只是已经厌烦了去解决掉那些想要谋反的家伙了，只要持续收到来自你们 A 班的点数，我就能继续待在安全区域，没道理再去插手这些事情。"

"这样啊，这倒是情有可原。"

"这下你相信了吧？"

"怎么说呢，一半一半吧，而且我个人是希望你能摆脱现在的状态。"

"摆脱现在的状态，然后为你挣零花钱？"

"没错，我也希望能像你一样拥有'确保的 A 班席位'。"

只要存够两千万的个人点数，就可以买下转到 A 班的权利。

拥有了这些钱的学生也就高枕无忧，这谁都羡慕。

但实现起来是困难的。看来桥本也瞄准了这条路。

"既然你想确保 A 班的席位，你应该已经做好出卖坂柳的精神准备了吧？"

"如果有必要的话。"

说完，桥本立刻又加上了几句：

"出卖坂柳的价格可不便宜，现在班里没有比她地位更高的人了，我可是好不容易才站到了有利阵营里，你知道的吧？"

"你这种两面三刀的行为能坚持到什么时候倒是值得一看。"

"我还是挺擅长为人处事的，能让我顺利占上风，灵活应变。能和你这么直接说上话真是太好了，让我知道了你没有死心。"

桥本打了个哈欠，最后补充道：

"你们班被平田他们超过的时候我还很意外，没想到他们班这么不好对付。"

"嗯？"

"冷静审视他们班里的成员就会发现里面卧虎藏龙，我正在想趁早击溃他们。"

"你居然会夸奖他们，里面有什么人引起了你的注意吗？"

"至少高圆寺是个威胁，要是他真开始为班里做事，谁也不知道 A 班能不能继续待在现在的位置上，还有平田和幸村这种学力高的学生，须藤的身体素质也在全年级里数一数二。"

"其他人暂且不论，我可不觉得高圆寺会做什么。"

桥本笑了出来，表示同意这一点。

"不过谁也不知道以后会怎么样，还是小心谨慎些吧。就算平田他们升到了 A 班，只要还留有我置身的余地就没有问题。"

"你有没有那个能力尚且存疑，但你要努力，别到头来烧了自己的屁股。"

龙园一边取笑桥本，一边想要结束两个人的谈话。

"在这儿待的时间太长了也不行。"

"嗯。"

察觉到二人的谈话快要结束，我决定离开这里。桥本应该也会很快回房间，如果在那之前我不在床上的话可能会引起他的怀疑。

但我感觉到有人在接近，于是中断了回房间的计划。

来人也立刻发现了龙园二人，向他们打招呼。

"一年级学生也在这个时候秘密会面啊？"

"啊？"

龙园二人一前一后回到校内，站在他们面前的是南云雅和堀北学。

龙园有一瞬间停下了脚步，但立刻失去了兴趣，迈步往前走，这正是南云的来路。

但南云并不打算避让。

"让开。"

面对龙园的威慑，南云开心地笑出了声。

桥本听到声音回到走廊，恰巧和南云对视。

"我可是听说过你做的那些'调皮捣蛋'的事，你叫龙园对吧？我接下来和堀北学长有事要说，你也一起来吧。"

顺便也叫上了桥本。

"没兴趣。"

龙园用自己的肩膀撞上南云的肩膀。

"真是硬气呢，龙园你不害怕我吗？"

"不管你是学生会会长还是什么，挡我路者死。"

"是吗？"

南云对没有表现出一丝慌乱的龙园产生了一定的兴趣。

"我并不讨厌你这种类型的人，不过，好像不太适合我们学生会。"

南云再度向迈步打算离开的龙园搭话。

"你要不要作为观众赌一把？赌今天的综合考核，我和堀北学长的大组哪个排名会更高。赌一万点如何？不管你赌谁赢，中了的话我就给你，但没中的话你就要一分不少地给我。"

"无聊，我对这种小钱没有兴趣。"

"一万点还是小钱啊？D班缺钱是常态吧，要不我再加点？"

"那就一百万，你把金额涨到这个程度我就参加。"

龙园回过头来。

"哈哈哈，龙园你真有意思，这个笑话很大胆，你可以走了。"

他好像把龙园的提议当成了玩笑话。

"你连把金额涨到这个程度的勇气都没有的话，就不要和我谈赌注。"

"那个一年级的，你觉得龙园能付得起这个数吗？"

南云向桥本询问。桥本知晓龙园和A班的秘密约定，必然知道龙园有这么多钱。但是……

"我也不知道呢……我们不是一个班的，所以我也说不准。"

"要是手机没被收走，能确认你有这么多钱的话，赌一把也不错呢，可惜。"

最终这场赌局还是流产了。

桥本想趁机离开。

南云好像也不再将这两个人放在心上，视线移向了堀北哥哥。

"堀北学长，请您弃权，不再参加明天的考核。"

他突然说道。

龙园对这个没什么兴趣，走开了，但桥本不禁停住了脚步。

"弃权？"

"没错。"

"你这个比刚刚龙园讲的那个笑话还要过分。"

"我可是认真的。"

然后又追加道：

"我这是为了学长。"

"你把话再说得明白些，你总是在脑子里自己把话说完，这个毛病现在还没治好吗？"

"不好意思，把事情想得太深远也不太好呢，我想说的是，学长如果不弃权，以后会后悔的。从某种意义上来说，这是我对你的仁慈，我也可以不警告你，直接让你陷入深渊，但那样不就太冷血了嘛。"

"你打算做什么？有可能并不符合规定。"

"我知道，我们之间的比赛规定不卷入第三者，堂堂正正地赢，但现在就这么参加考核的话，谁胜谁负不到最后谁也不知道，甚至可能会是平局，所以我为了赢，就采取了点措施。"

"这和你劝我弃权有关吗？"

"这是让学长损失最小的方法了，学长知道我布了一局什么棋吗？应该不知道吧。这所学校里没有一个人能读懂我的内心想法，情况就是这样，你看好的那个人也是一样……一年级的谁来着？"

南云眼珠轻轻转动，有意识地看向了桥本。

但桥本并不明白。

"啊，对了对了，和这个一年级的在一个小组来着，叫绫小路清隆。"

就像是为了让桥本意识到什么一样，南云强调了我的名字。

"桥本你是怎么想的？关于绫小路的事情。"

"嗯……他应该是个普通学生吧……"

没想到南云会说出我的名字，桥本有些心神不安。

"是吧，但是堀北学长好像比谁都要看好绫小路。"

"是因为体育祭接力比赛的时候，两个人势均力敌、不分上下吗？"

"正常来说应该是这样，但不像只有这一个原因，毕竟堀北学长看好的这个人不是坂柳，不是龙园，也不是一之濑，而是绫小路。你和他一个小组，还以为你感觉出了点什么。"

"没有……"

"学长，到底是怎么一回事呢？差不多该把理由告诉我了吧。"

"你想多了，我什么时候和你说过我看好绫小路？宣扬假消息对你也没有什么好处，不要再戏弄一年级学生了。"

"学长对不起，是啊，抱歉桥本，刚刚是一个小玩笑。"

"这……这样啊……"

虽然对他们说话的内容还多少有些在意，但我决定到此为止。

那三个人堵着走廊，我只能走另一侧的楼梯回房间。

要绕些远路，但我得走别的路先回去。

要是桥本回去的时候发现我不在，可能会莫名增加南云刚刚说的话的可靠性。

我回到房间几分钟后，桥本也静悄悄地回来了。

我感觉到黑暗中有一束目光看向了睡在下铺的我，但也仅此而已。

桥本爬上床，悄然入眠。

女生的战争下　堀北铃音

明天就要迎来综合考核了，现在本该是享受晚餐的时间。

而我堀北铃音则正在房间里和某个人接触。

这个时间，其他学生都在食堂里，两人独处并不难。

"堀北同学，说实话，我觉得你并没有认清现在的状况。"

栉田站在我面前，认真地看着我。

现在我们是在狭小的林间学校里，说不定什么地方就有人在听着或者盯着我们的一言一行，我不能忘记，站在我面前的不过是表面的栉田。

"没有认清现状，是什么意思？"

"你是为了监视我……或者说为了让我接受你，强行把我拉到你这组的，对吧？"

栉田时刻做好有人会来的准备，以接近她平时态度的样子和我说话。但她的措辞有些强硬，应该是肯定我现在不能用手机录音。这对我来说是件好事，如果她一味隐藏自己的本来面目，事情就说不下去了。

"嗯，我不完全否认我有这样的目的。"

我强调了"不完全"这个部分，但是她没有在意。

"你好像是出于个人情感才这么做的，但是从战略角度出发这是不是就有点问题了，我和堀北同学你的关系确实不好，不过你要真为团队成绩……不对，为了班级着想的话，不应该除去私人感情吗？"

栉田叹了叹气，将胳膊架起来，继续批判我。

"你把我放在了优先位置上，而将胜负放在了第二位，不是吗？"

"嗯，这一点我也不否认。"

"你承认啦。"

我没有证据来否认这件事，从确定要进行 Paper Shuffle 开始，我就在一个劲地思考她的事情，并开展行动，寒假的时候邀请她出去喝咖啡也是如此。我在做我在此之前的人生里绝对不会做的事情。

"无论你做什么都是白费力气，我希望你能明白这一点。"

"真可惜，这是不可能的。"

只要不解决栉田的问题，我就永远无法前进。

"这话可能不该我说，你已经忘记强行让我在学生会会长面前发誓的事情了吗？虽然当时特别生气，但我已经发誓我不会再做对你不利的事情，我以为你知道我不会做什么稀里糊涂的事情，难道你觉得我会立刻毁约？"

我无法用语言回答她的这个问题。

她应该也明白我的心情。

　　信与不信各占一半，这是我的答案。我既期待她就算不乐意，也能够遵守约定，又觉得她有可能会在背地里使坏逼我退学，这两种感情夹杂在一起。

　　如果我没有怀疑她，就没有必要这样二十四小时盯着她了。

　　而且，哥哥是不会告诉别人的，只要哥哥毕业了，誓言也就作废了。我必须在哥哥毕业前，采取行动，而时间所剩无几。

　　"我希望得到你的信任。"

　　我决定直接出击。

　　"你可真是不拐弯抹角。"

　　她直接点评道，嘴角还稍微露出了一点笑容。

　　但那笑容并非表示同意，这一点可不能搞错。

　　"无论发生什么我都不会把你的过去说出去，要怎么做你才肯信我？"

　　"很遗憾，我是不会相信的。"

　　栉田没有犹豫。

　　"和别人说了对我也没有什么好处。"

　　"确实，要是知道你告诉了谁，我是不会放过你的，还有可能会考虑像初中那次一样把全班搞个天翻地覆。想升到 A 班的堀北同学你肯定不会做这种只有坏处的事情，这么想才是正常的。"

　　栉田知道我是怎么想的。

但她还有不能让步的理由。

"我觉得现在的环境对我来说太憋屈了。"

"憋屈？"

"举个例子，假如你的脖子被人用刀顶着，那个人和你说不会伤害你，只要你乖乖合作就行，你会顺从吗？想伤却伤不了和只要想伤就能伤，在这两种情况下，人所处的立场是不一样的，你懂吧？"

栉田谁都不相信，她并非以好处坏处为标准来作判断，而是不喜欢别人手里有她的把柄。

所以想方设法逼我退学。

棘手的是，我放不下自己手里的那把刀。

"你这不是在搬起石头砸自己的脚吗？事实上知道你事情的人在慢慢变多。"

"是啊，我承认形势在变严峻。"

"你很聪明，学力和运动能力也优于常人，交际能力可以称得上是年级第一……不对，某种情况下可能称得上是全校第一，光是这样和你说话，就能感受到你大脑的灵活运转，着实让人佩服。如果你能和同班同学合作，一定会成为我们班的一大助力，你自己也会得到更多来自周围人的感谢。"

"你不明白吧，你这好像知悉一切的口气最让我焦躁不安，正是因为你知道我实际上是什么样的一个人，才会提出这样的建议，这是让我不满意的地方，什么都不知道的人是不会对我这么说的。"

"那是因为……"

她的意思非常明显，她绝对不会接纳知晓她过去的人。

"堀北同学，你比我聪明，就算不待在这所学校里也没关系不是吗？而且据我所知，你是为了和你哥哥待在一所学校里才来的对吧？那你哥哥马上就要毕业，你也没必要硬留在这里啊。在别的学校里学习，顺利升学、就职就行了。你要说的应该说完了吧？"

栉田表示没必要再继续浪费时间了，作势要结束这次的谈话。我没能开口留下她，静静地叹了口气。

"我暂时不会做什么，但绝不会信任你，和你合作。只要我和你都还在这所学校里，这件事情就没什么好商量的，你最好记住这一点。"

"……知道了，今天就说到这里。"

"不只是今天，这是最后一次。"

说完，栉田向走廊走去。

"束手无策啊，我……"

我能依赖的朋友屈指可数。

这个时候最可靠的就是绫小路了，但我和他产生了距离。

原因是我强行让他在栉田面前说了学生会的事情。

但我也有不得不做的时候。

我和栉田的矛盾只能通过不断的接触来化解。

哪怕代价是不能再得到绫小路的帮助，我也会选择栉田。

不对，是必须选择她。

死角

集训的最后一天，也就是通过综合考核来决定小组优劣的日子终于到来了。这一周，所有年级，男女一共三十六个小组，保持距离度过了各自的时间。

应该既有关系融洽、互帮互助的小组，也有分崩离析的小组，或者没有发生变化、只是淡淡地完成了这几日任务的小组。

本以为我们小组里谁都不会消除戒心，关系也不会变得融洽。

但没想到从结果来看，成员彼此之间的距离拉近了很多。

当然并不是达到了完美的状态，说起来不过是缝缝补补才勉强得以维持。

到了明天就又变成了敌人，现在不过是暂时的伙伴。

即使如此，还是为即将到来的结束感到了一丝的落寞。

"总之，我们已经把该做的都做了，不管结果怎样我都不后悔。"

"我也是，谢谢你当了这一周的负责人。"

不知道是谁先伸出手来的，石崎和启诚轻轻地握了握手。

"不论结果如何，全力以赴吧。"

"当然。"

其他学生也互相加油鼓气、握手。

随后我们前往指定的教室。

凝聚力已经足够高，现在最让人担心的就是高圆寺的动向。

他现在还很老实，只是静静地跟着我们。

但谁也无法预料他何时会暴走失控。

同一大组的二年级和三年级已经到了，我们有些慌张地坐到了座位上。响铃的同时，老师也走了进来，对考核内容进行说明。

虽然一个大组混有各个年级的学生，但考核则是以小组或者同年级学生为单位举行，大组只影响最后的汇总排名。

不管林间学校场地有多大，大家同时做一件事情必然会拥挤不堪。

考核项目有四个，这和我预想的完全一样。分别为坐禅、演讲、长跑接力和笔试。

我们一年级学生从坐禅开始，之后在教室里参加笔试，然后是长跑接力，最后进行演讲。而二年级则有一个紧张的开始，第一个项目就是长跑接力，三年级最先开始的好像是演讲。

1

吃完早饭的我们前往坐禅场地。

今天的清扫任务得以免除，考核马上就要开始了。一年级的所有男生都在这里集合。

"坐禅考核正式开始，评分标准有两个，进入道场后的礼仪和动作规范，还有在坐禅进行中有无乱动。坐禅结束后，各自回到教室等待，直至得到下一场考核的指示。现在开始，叫到名字的学生按顺序排列整齐，以这个顺序进行考核。A班，葛城康平，D班，石崎大地……"

老师开始念名字。

没想到在葛城之后叫到了石崎的名字。

周围响起嘈杂的声音。

"石崎快点，下一个，一年B班别府良太。"

有些困惑的石崎慌忙朝队列走去。

"和平常的顺序不一样……"

启诚有些慌乱，赶紧做心理准备。这一点确实是出乎意料。

这一周里多次进行了坐禅，但都是小组成员待在一起，左右也是小组内和自己关系好的学生，而这次学校打乱了顺序，自己的安全距离内有不熟悉的人，虽然这个差别看上去没有那么大，但在考核当日，还没有做好心理准备的现在，坐禅难度上升了一个台阶。

学校的目的是使学生心理产生动摇，而有一部分学生已经受到了其影响。

一只大手搭在了心神不定的启诚肩上，是阿尔伯特。感受到肩膀上传来的力量，启诚看上去稍稍恢复了一些平静。

"抱歉，我从第一个考核开始就这样动摇，对小组的士气也有影响。"

启诚希望自己能发挥负责人的带头作用。

之后启诚的名字被叫到，他大声回应后进入道场。

我的名字排在同一小组阿尔伯特的前面，倒数第二个被叫到。

道场内许多老师拿着小板子和笔站立其中。

而且可能是为了让评分更加公平公正，道场内还设置了数台和这里的环境并不相称的摄像机。

坐禅的基本功已经刻在了我的脑子里，并无失手，没有意外的话能将满分收入囊中，而我早前就决定了要在这个没有必要偷工减料的项目上取得满分。

高圆寺在离我有一定距离的地方，他的动作并无差错。

姿势十分漂亮，没有一丝慌乱，动作连续顺畅可以称得上是完美，而这个男生没有认真参加过一次练习，果然不愧是高圆寺。因为在坐禅进行中要闭上眼睛，不知道他具体表现如何，但似乎没有出现问题，顺利完成了。

2

结束坐禅，全员安安静静地开始离开道场。

直到出了道场，所有动作都在评分范围内，大家在老师的注视下默默退到室外，遵循指示，暂时回到各自的教室。

等到大组成员全部聚齐，启诚筋疲力尽般立刻瘫坐在了椅子上。

"当时脚麻了……"

"坚持住了吗？"

石崎的脚好像也麻了，一边按摩觉得难受的地方，一边问启诚。

"大概吧，但恐怕要扣点分。"

"没事，反正考都考完了，绫小路，你也这么觉得对吧？"

桥本看向我。

"嗯，接下来就是启诚擅长的笔试，集中精力在那里比较好。"

昨晚被南云问的问题应该还留在桥本的脑子里。

但他不太可能直接问我。

因为他也不知道堀北哥哥到底对我哪一点感兴趣。

除了我们以外，一年级的另外两个小组也汇合了。

其中一个是由明人担任负责人、龙园所在的小组。

石崎和阿尔伯特将视线移向龙园。

龙园并没有看向我们这边，一个人坐在座位上，也没和人说话，只是一个人待着。身为小组的一员，但心并没有和他们在一起。

营造出完全将自己孤立起来的氛围。

"真是奇怪啊。"

站在我身边的桥本，嘀咕道。

虽然可以无视，但还是稍微接一下他的话头吧。

"什么奇怪？"

"石崎和阿尔伯特的眼神里，完全没有看向可憎对手的那种感觉，反而像被主人丢弃的宠物那种带着哀愁的眼神。"

"这我就不太清楚了，之前石崎他们不是无法再忍受龙园的支配而找茬和他打架了吗？"

"是啊……难道龙园退出一线这件事的背后另有隐情？"

桥本应该没有任何证据将我和龙园联系起来。

不过，结合南云对龙园抱有一定兴趣这一点，他会强行把话题往那个方向带也不奇怪。

"谁知道呢……我不太清楚其他班的事情。"

"这样啊，抱歉，问了你奇怪的问题。"

十分钟的休息很快结束，直接开始笔试。

关于笔试没有什么好说的。

考试内容是集训期间学习的东西。

内容对我来说不难，抓住要领的话，这个项目基本能拿满分，但可能对一部分学生来说颇有难度，只能拿到五十到七十分。

我该怎么做呢……

在周围的人还在奋笔疾书的时候，我已经开始检查自己的答案。

这次的个人考试结果应该不会被公布出来，但我不太想让学校注意到我连续拿满分。

而且最近，来试探我的学生也不少。

但我本意是想要得高分的。

于是我想到了一个方法。

我将一道偏难题目的其中一个问题的答案改成了错的。

这样我的成绩可以固定在九十五分以上。

试题全部完成以后，我想要看看窗外的风景放松一下心情，但考虑到被当成作弊的话就麻烦了，所以闭上眼睛静静地等待考试的结束。

笔试结束后，小组聚在一起进行简单的估分。

不过，估了分也对成绩没有什么影响，哪道题写对了，哪道题弄错了，就算在意也没有办法弥补，只不过多少有点转换心情的效果。而高圆寺在考试结束后就立即走出了教室。

石崎不出所料，有许多不会的题目，我上的保险应该能起到作用。

不过整体来看笔试偏简单，所有小组应该都能保持较高水准。

而且就我在道场观察到的其他学生的状态来看，和笔试一样，坐禅应该也不会拉开大的分差，大家看上去都在一定程度上扎扎实实地完成了坐禅。

演讲也和坐禅一样，只要将学到的东西认真展现出来，应该不会产生大的差距。在这次考核过程中，直接由名次决定成绩的长跑接力则会对结果产生巨大的影响，单纯按名次来打分的话，取得第一名的小组应该就是满分一百分了吧，但是……

第一名就能拿到一百分，这么想有些太单纯了，所用总时间应该也会对成绩有影响，如果六个组所用时间都不长，或许能得到一定的加分。总而言之，关键在于如何以快速且排名靠前的成绩结束长跑接力。

走到室外，发现外面停了好几辆面包车，应该是要用车把学生送到每个进行交接的地方。待我们进到车里后，老师再次向我们说明规则。

学生每人最少跑一点二千米。

只能在每隔一点二千米处传递接力棒。

因变故无法完全跑完全程或者未跑完最短要求距离的一点二千米的情况下不及格。

老师向我们细致解释了这三条规则后，放下了打头阵的启诚，带着剩下的人出发。

我们接力顺序的原则是从跑得慢的学生开始，启诚是第一个，他后面依次是 B 班的墨田、时任和森山，第五个是弥彦。这是因为开始的时候地势起伏比较少，而且为了尽量不让他们感受到被别人超越的压力而做出的安排。

这五个人每个人都是最短距离的一点二千米，总共六千米，然后是桥本，他需要全力奔驰包括折返在内的三点六千米，随后阿尔伯特拿到接力棒，跑一点二千米，他后面是要跑三点六千米的石崎。虽然把我放在阿尔伯特后面也行，但启诚考虑到两个人是一个班的话，交接会更加顺畅，遂将石崎安排在了阿尔伯特的后面。因为高圆寺只跑一点二千米，就由跑二点四千米的我将最后一棒传给他，这就是启诚排出的最终顺序。

之所以将高圆寺放在最后一棒，是为了尽可能让他多一些干劲，而将冲线的荣耀让给了他，其次是为了消除不安，将他放在中间，他有可能会不好好传递接力棒。

但这种顺序也有坏处，那就是无法把握中间是谁不认真跑这一情况。

待石崎也下了车以后，车上就只剩下了担任驾驶员的老师、我、高圆寺三人。

因为是折返回来的路，让我们先下车应该也行，但好像有必须按接力顺序依次下车的规定。

之后我只需要在终点前三点六千米的地方等待即可。

汽车沿原路移动。

"绫小路 boy，我就直接问你了，长跑接力取得第一名的话总成绩会如何？"

"……这我怎么可能知道？而且考核结果看的是大组的平均成绩，也要视高年级学生的发挥而定。"

不管我们有多努力，其他人不行的话，也难以取得第一名。

"你就算撒谎也不说我们有得第一名的可能呢。"

"毕竟你也不是会因此而奋发的那种人。"

"怎么办呢？要不要我帮你跑一点二千米？我全力以赴的话很有可能赢过其他小组哦。"

高圆寺探出身子，凑在我的耳边低声说道。

"难道太阳从西边出来了吗？"

"我一时兴起，觉得帮帮你们也行，应该是件好事吧？"

"也就是说你要跑二点四千米，负起责任取得不错成绩的意思吗？"

"你这说得太绝对了，不过是我一时兴起罢了。"

"这样啊，抱歉我拒绝，我不打算擅自改变启诚制定的作战计划。"

"哈哈哈，那就太遗憾了。"

说完，高圆寺坐回到了自己的座位上。

不知道他出于什么目的，我不能冒这个险。

他既然会一时兴起来帮忙，也有可能在考核进行中一时兴起不好好跑，高圆寺当时只承诺了他会完成最短距离，也就是说谁也不知道他会怎么对待这多出来的一点二千米。我刚刚问他会不会承担起责任时，他不认真回答就是证据。而且，要是因为我的判断而产生了什么不必要的麻烦，也会让我自己惹上是非。

"你比我想的要聪明，但你同时也是一个无聊的男人。"

如果他能把我就看成是这种人就太好了。

下了车，我在终点前三点六千米处等待石崎的到来。

"呀！绫小路同学。"

这里当然也有其他小组的学生，和我说话的是平田。

"你好像不是最后一棒？"

"嗯，我后面还有高圆寺，你们组最后一棒是须藤？"

"对，他本人想再多跑些，但我们组有十五个人，每个人距离只能一样。"

终点前一点二千米的地方，须藤的存在应该能让高圆寺生出一些胜负欲来吧。

"我觉得人数多点好，多少能轻松些。"

"大家都努力吧，只要超过了分数线，就不会有人退学了。"

"嗯。"

在等待的期间大家可以随意交谈，或者静静地调整自己的状态，集中精力。

在每隔一点二千米的地方都设置了取水点，可以自由摄取水分。

算了，跑步前咕嘟咕嘟喝太多水的话，到时候肚子痛的可能性也会上升……

但有一个学生全然不顾我所担心的事情，猛灌瓶装水。

"啊，好紧张……"

那个自言自语的学生转过身来，和我的视线交织在一起，原来是博士。

他向我走了过来，可能是想找人说话。

"绫小路同学你也在这里啊。"

"嗯，绫小路同学？在这里？"

我有点怀疑自己的耳朵。

如果是往常的博士，他应该会说"绫小路先生……您莅临此处啊"。

"啊……我不再那样说话了，本来为了彰显个性才那么说，坐禅时被老师警告以后就想着还是恢复正常吧。"

"这……这样啊。"

对这种并不适合博士的普通说话方式，我还有些不习惯。

个性完全消失了，或者说难以给人留下印象。

这之后博士还和我说了几句话，但说实话我不记清了。

不知道为何说话腔调的变化居然会产生这么大的影响。

比起这个，启诚有没有顺利和后面的人交接这一点更重要。

不管花了多长时间，跑完全程才是最重要的。

下面这句话可能过于直白，就算我们大组沦落到了最后一名，而且我们小组的成绩还低于分数线，也绝不会对我产生什么影响。

不过，我真心希望不要出现退学者。

不知道过了多长时间，终于出现了一个学生的身影。

但不是石崎，而是神崎所率领的以 B 班为主的小组成员，随后依次有学生到达，石崎和第三个人不相上下，第四个到达这里。

"呼，呼，绫小路接住！拿第一！"

他将接力棒传递到我的手上。

能不能拿到靠前的名次要看高圆寺如何发挥，我默默接过接力棒，迈腿向前跑去。

"你要是不好好跑的话我就要你的命！"

用最后的力气喊出这句话后，石崎筋疲力尽，瘫倒在了地上。在山路上狂奔了三千多米，自然会累成这样。我保持自己的正常呼吸，不至于紊乱，并且以快于周围人的速度逐渐缩小和前面的人的距离。

我与其全速追击，倒不如让人看作对方体力下降，然后再趁机超过去。

这样也容易让对方产生是自己慢了才让人超越了的错觉。

山路有一定的起伏，但并不多，而且全程不过两千米左右，还不至于让人气喘吁吁。

我最终超越了一个人，在离第二名只剩一点点距离的时候到达了高圆寺所在的交接点。

接力棒已经经过了九个人的手，现在它的命运都系在了我眼前这个男生身上。

"我就稍微跑跑吧。"

高圆寺拢起头发，接过接力棒，若无其事地向前跑去。

他恐怕没有使出全力，但已经足够快了，这下应该没有问题。

只要他不在我看不到的地方减速开始走路就行。

在那之后，高圆寺的表现虽然让人担忧，但他最终夺取了第二名的成绩，成功到达终点，不知道他是没能追上第一名，还是没有去追第一名，答案恐怕是后者。

狂奔后的演讲考核对一年级学生来说简直就是炼狱。

要使尽本就所剩无几的体力，把音量往上提。

但并没有发生什么特别的事情。

除了对高圆寺有些夸张的演讲腔调抱有一点疑问以外，感觉其他人都差不太多，可以说是顺利结束了演讲考核。

3

就这样，长达一天的特别考核终于结束。

小组，不对，是全校大部分学生都被疲劳感所充斥。

我们小组无疑会取得远远高于成立当初所设想的分数，即使按平均分排名，我们也胜券在握，接下来就看南云他们和三年级的小组取得了怎样的成绩。

至少成绩不会低于平均线。

和第一天一样，所有男生在体育馆集合。

之后，女生也络绎不绝地涌入体育馆，前来集合。

接下来要在男生和女生的面前一起公布特别考核的成绩吧。

快到下午五点了，回到学校时应该已经到了夜晚。

"在这集训的八天里，大家辛苦了。考核内容虽有不同，此类型的集训每隔几年都会举办一次，而今年大家取得的成绩整体上要优于上次，这多亏了大家良好的协作能力。"

这个四十岁左右的男人是初次见到，他脸上始终带着笑容。

看样子他是全权负责此次集训的人物。

"我先公布结果，男生的所有小组均超越了学校规定的分数线，取得了零退学者的最佳结果。"

这个消息宣布的瞬间，男生都松了口气。

"太好了，没有退学者……"

启诚放下心来，呼了一口气。

石崎拍了拍启诚的背。

"我一开始就不觉得会有退学者，我们目标可是第一名。"

"嗯。"

不管大家心里怎么想，成功避免了退学一事意义重大。

但这名中年男性的措辞让我有些在意。

要是全校都没有出现退学者的话，他没有必要男女分开说。

那么……

"接下来公布男生中综合成绩第一名的大组，在这里我只念出组内三年级负责人的名字，属于这个大组的一年级到三年级的学生，日后将会收到点数奖励。"

中年男人慢慢读出这个名字。

"三年级C班……由二宫仓之助同学担任负责人的大组为第一名。"

瞬间，三年级学生中响起了欢呼声，我开始有些迷惑，但之后立刻明白了这是堀北哥哥所在的大组。

看来和南云的对决以堀北哥哥的胜利而告终。

"厉害了，堀北，不愧是你。"

之后又连续公布了第二名至最后一名的成绩，但这对高年级学生来说无伤大雅，大家都和藤卷一样称赞堀北哥哥。

"幸村，我们第二名，真不错！"

"嗯嗯，太好了，真的太好了！"

分数之差没有被公布出来，南云是第二名，惜败。

大家都认为，南云既然得了第二名，以后多少会老实些。

其实，我不清楚他们二者最终究竟谁会赢。

因为我对结局并没有什么兴趣。

身旁的南云脸上依旧带着笑意，不为结果所动。

并不像一开始大言不惭地下战书，最终却失败了的人该有的样子。

也是，因为这个男生在背地里布下了一个巨大的陷阱。

"成功地将第一名收入囊中，堀北学长，恭喜，真是厉害。"

南云提高音量，向堀北哥哥祝贺道。

堀北哥哥并未回答，脸上也没有浮现出开心的表情，只是静静地等待老师公布所有成绩。

或许，他心里已经有了不好的预感。

"你输了，南云。"

不知情的三年级学生藤卷无情地嘲笑南云。

狠狠地挫了一把不知天高地厚的晚辈的锐气，心情应该颇为爽快。

"是啊，不过结果公布不是才刚刚开始吗？"

"你放弃吧，胜负已经决出来了。"

"嗯，男生的胜负确实已经决出来了。"

"男生？这场比赛和女生没有关系，这是定好的吧，南云？"

"确实没有关系，只是我和堀北学长之间的比赛。"

南云的措辞让人捉摸不透，藤卷的表情变得有些严峻。

一旁三年 B 班的石仓只是在静静等待。

"接下来……将公布女生的成绩排名，第一名是三年 C 班，绫濑夏同学所在的大组。"

这次一部分女生欢呼雀跃起来，待在三年级绫濑所率领的大组内的一年级学生是堀北和栉田等人组成的以 C 班为主的小组，看样子可以积累不少点数。不过，欢乐是短暂的，问题如期而至。

"……遗憾的是，女生里有一个组的成绩低于平均线。"

听到这个结果，不论男女，大部分人都惊呆了，之前还在洋洋得意的学生也静下来，全场鸦雀无声。

大家这些日子努力向考核发起挑战，为了不让成绩低于平均线而竭尽了全力。

但结果是残酷的。

有人需要退学。

谁也不知道这个人会是一年级还是高年级的学生，抑或是所有。

堀北哥哥像是意识到了什么一样看向了南云。

他想知道南云脸上始终带着的那放肆的笑容到底代表什么。

可是，已经迟了。

"最后一名是……三年 B 班，猪狩桃子同学所属的大组。"

男生同样一开始并不知道谁在这个组里，但能听到女生中传出类似悲鸣的声音，追根溯源，多少能猜出里面的成员。

大组已经是最后一名了，接下来就看是哪个小组成绩低于分数线了。

最严重的情况是三个年级里同时出现退学者。

"低于平均分数线的小组为……"

体育馆内比坐禅时还要安静，万籁俱寂。

所有人将视线集中在男人的嘴角，迫不及待地想知道结果。

"同样是三年级的……"

男人大声宣读出来。

场内露出笑容的学生和越发紧张起来的学生一分为二。

"负责人……猪狩桃子同学所在的小组，只有这一个组。"

在这个结果被宣读出来的瞬间，南云就像憋了很久一样，开怀大笑。

刚刚似乎被放缓了的时间，又恢复了原本的流逝速度。

还有许多学生没能明白现在的情况。

南云会笑出来，并不是因为有不相识的学生被勒令退学。

考核的结果就是三年 B 班里有一个人退学……事情不会这么轻易结束。

"南云你干了什么？！"

三年 A 班的藤卷明白了现在的事态，冲到了南云的面前逼问他。

堀北哥哥并没有这么做，但表情十分严峻。

"正在公布成绩呢，学长，你冷静点，现在的情况和藤卷学长没有关系吧？不过是有 B 班学生会退学，相当于是竞争对手和你们的差距变得更大了，不挺好的吗？"

南云冷笑道。

"大家安静一下，很遗憾，我们要对猪狩同学处以退学处罚，她能够命令小组内一位成员承担连带责任，所以一会儿到我这里来一下，接下来，继续公布其他大组成绩排名。"

虽然颇为遗憾，结果公布还是要严肃进行下去。

可是，堀北哥哥取得的第一名已经没有什么意义了。

注定难以取得这场对决的胜利。

正因为他优秀，是大家的榜样，所以他这次栽在了南云雅的手里。意想不到的攻击。

"绫小路，为什么藤卷学长那么生气啊？就像南云学长说的那样，负责人是 B 班学生，对 A 班来说不是好事吗？"

启诚觉得有些奇怪，低声问我。

"不，我觉得问题不在于负责人是谁，而在于承担连带责任的人。"

"什么？"

老师下令解散，在回学校的大巴做好出发准备之前，我们有一段自由时间可以收拾行李。南云留在原地，叫住了一个女生。

"猪狩学姐，请告诉我们吧，你要让谁承担连带责任？我们都很想知道。"

被处以退学处分的三年 B 班这个名叫猪狩的女生颇为淡定。

反倒是她们小组内的其他女生看起来忧心忡忡。这个小组由 B 班和 D 班学生为主，消息来自朝比奈和惠，错不了。

其中就有……A 班的唯一参加者，橘茜的身影。

我看向堀北哥哥，在心里默默对他说。

我明白了，你为了全班能以 A 班身份毕业，同时为了对付南云，指示班里所有人不得担任负责人，对吧？只要取得够好的成绩，班里就不会产生退学者。

但你也知道这并不意味着绝对的安全，所以你接受了南云的挑战，搭了一个台子来堂堂正正地和他对决，这也是为了防止他在背地里使手段。同时你避免和女生接触，减少南云钻空子、将矛头指向女生的风险。

可以说为了稳妥而用尽了一切可能的方法。

即使如此，南云的手段还是出乎意料。

已经不用再说了。

这次的特别考核就是南云设下的一个圈套，甚至连学校都被蒙在了鼓里。

而落入了这个圈套的人现在也明白了自己的处境。

脸色苍白，摇摇欲坠。

"还能是谁？当然是扰乱了我们小组内部秩序的 A 班橘茜同学。"

就像是为了让所有人都听到一样，猪狩愤愤不平地大声回答。

"南云……你不是和堀北约好这件事不卷入其他人的吗？！"

藤卷冲上去作势要和南云干一架。

"请等一下，这事和我没有关系。"

"现在的情况已经显而易见了！"

藤卷生气也是自然，他的样子就好像在说，我已经知道一切了，无论怎么解释，这件事都和你脱不了关系。

"那我就先去把连带负责人的名字告诉老师了。"

淡淡地说完，猪狩向老师走去，旁边还跟着同班同学石仓。谁也无法阻止这一切的发生，包括橘本人。

"橘学姐拉了小组的后腿，使得最后的平均分低于分数线，所以才要承担连带责任，事情不就是这样吗？"

堀北哥哥和藤卷不同，他在质问南云之前，先走向了呆呆伫立着的橘。

一部分三年级学生带着无奈的表情离去。

"堀北同学，对不起……"

"橘，为什么不早点告诉我？以你的能力应该早就意识到事情不对劲了。"

"那是因为……我知道这只会给你增加负担……"

橘流着泪道歉。

她恐怕最初并没有察觉到，自己从分配小组这一阶

段开始就已经被设计了，但随着时间的推移，她一定意识到了。

自己所在的小组，就是为了陷害自己而成立的。

然后她参加了最终考核，期盼着奇迹的发生。

但和自己料想的一样，现实是残酷且无情的。

她应该同时也做好了接受这一切的准备。

就算自己要退学，只要损失一百点班级点数就能让这一切结束。

"真是感人的友谊，或者可以说是爱情？堀北学长，恭喜恭喜，请让我再次表达对你的赞美，是我输了。"

南云的语气完全不像输家。

应该也没有人把这当成赞美。

"我的这个策略是不是可以称得上奇思妙想，不对，是超出了你的认知范围呢？没有一个人能明白我的策略，堀北学长，包括你在内。"

南云放声大笑，毫不手软地用语言攻击已经受到伤害的人。

"橘学姐，请你告诉我，担任完学生会书记，很快就要以 A 班身份毕业，却沦落到退学境地的你，现在的心情如何？堀北学长您呢？一定正被前所未有的焦虑所折磨吧？"

听到这话，堀北哥哥只是静静地说道：

"你为什么没有以我为目标？"

"因为我不觉得把这回的策略用到学长身上，就能让学长退学，您的防御手段之多可是令人瞠目结舌的。而且我也不想让学长退学，要是退学了，我不就再也见不到了吗？所以，橘学姐被选中了，我想看看当她消失时您会做出什么样的表情。"

他笑着，就好像这一切都单纯出于好奇心，出于自己的兴趣。

"我和你的做事方针不一样，但我还是相信你了，本以为你是个能堂堂正正面对比赛的男人，但好像是我想多了。"

听到堀北的质疑，南云并不畏缩。

"信赖就和经验值一样，不断积累，也就不断增强，信赖感最强的就是家人。走夜路遇到陌生人时会警惕小心，但当那个人是家人时就会疏忽大意。这次的事情也相似，我这两年虽然没得到堀北学长的喜欢，但也得到了您一定的信赖，尽管价值观不同，但我一直以来言出必行，听从原学生会会长您的命令，遵守规则，而头脑敏锐的学长您，并没有百分之百信任我对吧？"

他应该知道堀北哥哥下令防守，同时搜集信息看自己有什么动作。

"不过……就算怀疑我，学长也不会先对我下手。"

这是专守防御的坏处。

"南云，你因为这一次的好奇心而失去了很重要的东西。"

"这次只是为了让体谅晚辈的学长您明白，信赖什么的，我早就丢弃了。"

自己遵守约定，对方遵守约定，南云将这一原则彻底推翻。

南云希望和堀北一分高下，且彼此不带任何信赖和尊敬。

这是来自南云的挑战书。

"我已经充分明白你的做法了。"

"那就好，毕竟这不过是个热身活动。"

南云继续说道："有必要的话，再多出几个退学者就行了，这才是这所学校本来的运行规则。"

"你的话好像是以橘的退学为前提呢。"

周围人都慌成一团，只有堀北哥哥冷静地应对。

"等……等一下，堀北同学！"

橘叫了出来，但堀北哥哥的眼神已经十分坚定。

"欸，没想到你真的要这么做？在这个节骨眼上花掉大量的个人点数和班级点数。"

取消退学惩罚，只要满足条件，谁都可以采用的终极手段。

"求你了，不要这么做，是我没用，该我自己承担责任……所以……"

橘拼命想要阻止堀北。

但是，藤卷也同意了堀北的决定，对着 A 班的学生说道：

"一直以来我们 A 班之所以能维持在 A 班的理由，A 班的大家应该最清楚，对吧？"

"没错，堀北，没什么好犹豫的，用吧用吧。"

A 班的同学果断地说道。

"学长真的要这么做吗？在三年级的关键时刻救回退学者，这不就相当于把 A 班的席位拱手让给他人吗？"

"就算现在暂时让出去了，等下次再收回来就好，这不就是你所说的，学校的运行规则。"

"这样啊，嗯，这么做可能也挺好的。"

接下来，恐怕雅就要愉快地向大家解释自己制定的策略了。

既然我已经明白了，就没有必要在此浪费时间。

我决定离开。

继续待在这里也没有什么用了。堀北自始至终都在不安地观察形势变化，一直看着她哥哥，恐怕都没有意识到我的存在。

我一出体育馆，就发现惠站在入口处，像在等我。

我迈步向走廊走去，她等了一会儿以后，跟在我身后。

"事情正如清隆你所言，原来你真的知道啊，橘学姐被盯上了的事情，可是被设计退学的人，不应该是除了堀北学长以外谁都行吗？"

"我是在知道学生会参与了这次特别考核的规则的制定与构建的时候想明白的。猎物确实是谁都行，但这是个煞费苦心的大陷阱，要想效果更出众，猎物是谁很重要，而和他关系密切的女生也就只有橘了。"

这是我将来自惠、一之濑、朝比奈的消息串联在一起推导出的结论。

南云和三年 B 班石仓的默契配合也明显让人感觉到了这二人的联系，南云不光控制了二年级全体，还将三年级里除 A 班以外的班级拉拢了。

"大组全体成员串通好了拿低分，而且橘所在的小组的成员在综合考核时应该更加敷衍，这样的话让平均分低于分数线就很简单了。"

我解释给她听，但惠还有不能理解的地方。

"那为什么要利用 B 班？让 D 班学生来当负责人不就行了？因为选了 B 班来做这件事，结果现在堀北还是在 A 班，要想让他掉到 B 班去的话，不应该让别的班来做这件事吗？"

惠的着眼点是好的，确实如此。要实行这个作战方案的话，一般来说，会觉得让 D 班学生当负责人，让 A 班和 B 班的差距缩小，这样更好。

"正因为选择的是 B 班，这个方案才可行。要是橘完美地结束了特别考核的任务，想让她承担连带责任就不容易了，A 班以外的三个班级如果不紧密合作的话，就下不了这个套。现在升到 A 班可能性最低的 D 班，有可能为了上升一个等级而在最后关头将连带责任扣在 C 班或者 B 班的学生头上。但如果负责人是 B 班学生，这种情况就绝对不会发生，因为在这个时候让低等级班级的学生承担连带责任没有意义。"

另一方面，对于 D 班和 C 班来说，这个时候 A 班和 B 班学生受退学处分，对他们而言是件好事，所以会欣然合作。

就这样，猪狩的小组里的人就像一根绳上的蚂蚱一样，彻底将橘塑造成了一个恶人。

一发生了什么事，就说她不怀好意，故意找别人麻烦，说橘在半夜吵得别人睡不着，成绩不好是因为听了橘的指示什么的。光看考核的结果什么都看不出来，但这样故意说她这一周都在害小组不得安宁的话，就足够让她成为承担连带责任的对象了。

她若不服，学校可能进行审查，但只要小组全员统一口径，说在暗处受到她迫害的话，学校就不得不认可处罚。当然了，学校会记住这个因规则不完善导致的恶例，几年后再次举行林间学校特别考核时规则应该会被修改。

就这样，南云一手策划的战略顺利得以实行，成功让橘受到了退学处罚。

"……可是这样的作战方案怎么会成立呢？我是 B 班学生的话，绝对不会为了伙伴而退学。猪狩到底是为了什么不惜自己退学呢？"

"我觉得猪狩是不会退学的。"

"嗯？可……她不是负责人吗？"

"堀北哥哥也暗示了那个方法了吧，支付两千万个人点数和三百点班级点数就能取消退学惩罚，也就是能够挽回那个退学的学生，因为 B 班也要用这个办法，所以不会退学。"

"嗯……都不知道这对他们到底是有利还是有害了，他们是亏了吧？"

"花班级点数确实会心痛，不过 A 班也同样挽回退学学生，不会产生新差距，应该也完全没有什么特别大的个人点数损失。"

"三年 B 班那么有钱？"

"不，南云提出的这个战略能得到支持的绝对条件就是，会代替支付所有的个人点数。他要是连这都不做的话，没有人会愿意和他合作。"

恐怕在大巴上的时候，南云就联系了石仓，提前将那两千万个人点数给他汇过去了。面对考核结果异常冷静的猪狩，以及那时候石仓和猪狩一起去找老师就是证据。

"二年级内部坚如磐石，一起凑一凑的话，每个人花不了十五万点，这样就能挽回一个退学者，是很便宜的吧。"

"这么荒唐的战略，普通人绝对想不到。"

"这就是南云的做法吧。"

他不是在知道考核以后想出来的战略，而是在想出这个战略后，制定了这个考核。

堀北哥哥所率领的A班会落入全班支付两千万个人点数的陷阱，这对他们来说算得上是一个极大的损失。

在还有一两次特别考核就要毕业之前，损失了巨额的资金。

若下次要退学的成了堀北哥哥，恐怕会因资金不足，施救计划告吹。

"我们差不多该分开了。"

"最后……最后再告诉我一件事。"

可能惠还有在意的事情，不让我走。

"南云学长所想的这个将橘学姐逼至退学的策略，让人觉得没有方法能阻止，或许可以说是完美的陷阱。清隆你没有采取行动也是因为这个？"

"这无疑是个相当厉害的手段，在敌人被顺利送到她身边的时候就已经差不多无计可施了。"

这也让我看到了一个好例子，明白了个人点数会成为强有力的武器。

"如果我陷入了和橘学姐一样的状况……也没有办法拿个人点数施救的话……那个时候你果然什么也做不了?"

惠小声问我。

"就算不问我,你也知道答案吧? 我不会让你退学,不管用什么手段。"

之后,堀北学支付了 A 班拥有的班级点数和个人点数,选择"挽救"橘茜;和我料想的一样,B 班的石仓也救回了猪狩,发生了前所未有的两班同时行使"挽救"权利的情况。

自此,所有年级牵扯其中,高度育成高中接连出现退学者。

后记

我是预告了下册发售时间，心里想着下次一定要守时，却每次都拖稿的衣笠。

这么说话不算数，连我自己都觉得异常。

我本想着那个时候应该差不多能出版，却每次都延期，太过分了！

我明确申请停止在后记里写发售宣言。手指已经疼了七八周，可能更久，但离痊愈还很远……我会努力像一直以来那样将出版速度维持在四个月一本，并一边进行治疗。

回过神来已经到了五月，时间过得真快，从《欢迎来到实力至上主义的教室》第一本开始发售到现在，已经过了整整三年。一开始并没有想过会执笔写这么久，我非常开心，但是最近不光手指，真切感受到全身都出现了毛病，我会好好注意身体的。

我稍微提一些这次第八本的内容。

在第八本里，高年级学生接连登场，故事和他们有关。

登场的人物从差劲的高年级学生开始，可疑的高年级学生、可靠的高年级学生，各种各样，希望大家也能喜欢这本的内容。下次的第九本，那个，总之，在九……九月……九月出……咳咳咳，我已经决定不写发售宣言了！快停下！

　　傻兮兮的内容就到这里，我还想和大家说一下关于我个人一直很想要的东西。

　　我的愿望是拥有一台按摩椅，但价格很高，而且占地方，家里没有地方放，我一直在纠结，还是不能下定决心，我能拥有它的日子会不会到来呢？

　　唉，这样下去我恐怕一直都不会买，只是在脑子里想想。

　　如果有读者知道好用的按摩椅，请务必告诉我！